C000186841

Robert Louis Stevenson

La Chaussée des Merry Men

*Traduit de l'anglais et annoté
par Mathieu Duplay*

Gallimard

Ce roman est extrait du *Maître de Ballantrae* et autres romans.
Œuvres, II (Bibliothèque de la Pléiade).

Titre original :
THE MERRY MEN

Né à Édimbourg en Écosse en 1850, fils et petit-fils d'ingénieurs spécialisés dans la construction maritime, la voie de Robert Louis Stevenson semblait toute tracée. Mais sa santé chétive, aggravée par le climat humide de l'Écosse, l'en écarta. Pour lutter contre la maladie pulmonaire qui le rongeait, l'enfant se réfugia dans les rêves et les livres. Bercé de contes calédoniens par sa nourrice, il dévorait les romans de Walter Scott, d'Alexandre Dumas et les récits de piraterie de C. Johnston. Pour le guérir, sa mère, fragile également, l'emmena vers le Sud ensoleillé. Il découvrit avec émerveillement l'île de Wight, Menton et le cap Martin. Entré en conflit avec sa famille d'une rigidité toute presbytérienne, il fut admis à l'université à quinze ans et mena une vie de bohème, se déclarant agnostique. Sa révolte ne l'empêchait cependant pas d'accepter les secours financiers de sa famille qui restait généreuse. Ses études de droit le menèrent au barreau, mais il n'exerça jamais. Il fit la connaissance d'un important critique littéraire, Sidney Colvin, qui lui ouvrit les portes du monde des lettres. Ayant décidé d'être écrivain, il décida de tirer parti de ses expériences et commença à voyager. Après les Hébrides, ce fut le pays de Galles, l'Allemagne et la France où il découvrit Montaigne, Villon, Hugo et Balzac. D'une descente de la Sambre et de l'Oise en canoë, curieusement accoutré, « sur la tête une calotte de modèle indien, une chemise de flanelle foncée que d'aucuns diraient noirâtre, une légère veste de cheviotte, un pantalon de toile et des jambières de cuir », il tira son premier livre, *Un voyage sur le Continent*, en 1878. Ensuite, sur un âne baptisé Modestine, il parcourut les Cévennes et écrivit un charmant récit, *Voyage avec un âne dans les Cévennes* : « J'étais l'animal le plus heureux de France. » C'est auprès des rapins de Fontainebleau qu'il rencontra en 1876 la femme qui devait donner un sens définitif à sa vie, Fanny Osbourne. Âgée de dix ans de plus que lui, elle fut la première artiste américaine que les peintres de Barbizon acceptèrent parmi eux. Elle avait l'esprit moqueur, mais le caractère bien décidé ; il était impulsif, gouailleur et optimiste, et tous deux haïssaient les conventions sociales. Fanny divorça en 1878 d'un mari resté aux États-Unis et Stevenson décida de la rejoindre en Californie, malgré le diagnostic pessimiste des médecins. Il raconta son voyage dans *The Amateur Emigrant* (1880). Tombé malade de nouveau, il fut soigné avec vigilance par Fanny qu'il épousa en 1880, avant de rentrer en Écosse, ayant apaisé l'hostilité familiale. Menacé par la phtisie contre laquelle il luttait d'arrache-pied avec optimisme et courage, de la Suisse à la Provence et à Bournemouth, Stevenson se consacra à écrire poèmes et récits romanesques pour le plus grand bonheur de son beau-fils, Lloyd Osbourne, son futur collaborateur littéraire. *L'Île au trésor*, paru en 1883, triompha auprès des enfants comme des adultes : La vie du jeune Jim Hawkins est bouleversée le jour où le « capitaine », un vieux forban taciturne et grand amateur de rhum, s'installe dans l'auberge de ses parents. Jim comprend vite que cet étranger n'est pas un client ordinaire. En effet, lorsqu'un effrayant aveugle frappe à la porte de l'auberge isolée, apportant au marin la tache noire symbole des pirates et synonyme de mort, la chasse au trésor a déjà commencé ! Quelques années plus tard, parut son chef-d'œuvre, *Dr Jekyll et M. Hyde* (1886), un récit qui déborde la simple fiction et illustre l'un des thèmes majeurs de la psychanalyse, celui de la double personnalité. En 1889, Stevenson publia *Le Maître de Ballantrae*, un roman d'aventures, qui commence en Écosse en 1745 et entraîne le lecteur sur les champs de bataille, sur les mers avec les pirates, vers les Indes orientales et enfin en Amérique du Nord avec sa terrible forêt sauvage, hantée par des trafiquants, des aventuriers patibulaires et des Indiens sur le sentier de la guerre. Il écrivait cloîtré dans des chambres à coucher ou étendu sur une chaise longue, au grand air. En 1887, malgré sa santé déclinante, il accepta avec enthousiasme le projet d'une croisière en Océanie et visita les îles Marquises, Tahiti, les Samoa occidentales, avant de s'installer à Apia, dans l'île d'Upolu, et de se passionner pour les indigènes. Il publia des romans inspirés de ses voyages : *Dans les mers du Sud* (1890), *Le Trafiquant d'épaves* (1892). Une congestion cérébrale l'emporta au soir du 3 décembre 1894. Il fut enterré au sommet du mont Vaea qui dominait sa propriété et l'océan et laissa un chef-d'œuvre, hélas inachevé, *Le barrage d'Hermiston*.

Celui que les Polynésiens surnommaient « Tusitala », le « conteur d'histoires », méritait et mérite toujours cet hommage populaire, même si l'écrivain, essayiste, poète et romancier, est peu connu de nos jours et laisse à *Dr Jekyll et M. Hyde* le soin de perpétuer son nom.

Découvrez, lisez ou relisez les livres de Stevenson :

L'ÉTRANGE CAS DU DR JEKYLL ET DE M. HYDE (Folio n° 3890, Folio Bilingue n° 29 et Folioplus classiques n° 53)

L'ÎLE AU TRÉSOR (Folio n° 3399)

LE MAÎTRE DE BALLANTRAE (Folio n° 3382)

LE DIAMANT DU RAJAH (Folio Bilingue n° 108)

LE CLUB DU SUICIDE (Folio 2 € n° 3934)

CHAPITRE I

Eilean Aros

C'est par une belle matinée de la fin de juillet que, pour la dernière fois, je partis à pied pour Aros. Un bateau m'avait débarqué la nuit précédente à Grisapol ; après avoir pris le frugal petit déjeuner qui m'était proposé dans ma modeste auberge, je laissai là tous mes bagages dans l'intention de revenir les chercher par voie de mer quand l'occasion s'en présenterait, et, le cœur joyeux, je me dirigeai tout droit à travers le promontoire.

Je n'étais pas, loin de là, natif de cette contrée : la famille dont j'étais issu était tout entière des Basses-Terres. Mais l'un de mes oncles, Gordon Darnaway, au sortir d'une jeunesse pauvre et difficile, et après avoir été marin pendant quelques années, avait pris pour épouse une jeune insulaire répondant au nom de Mary Maclean, et dernière de sa lignée ; aussi, lorsqu'elle mourut en mettant au monde une petite fille, Aros, la ferme encerclée par la mer, demeura en sa possession. Elle ne lui rapportait, je le savais fort bien, que de quoi assurer sa subsistance ; mais mon oncle était un homme que l'infortune avait poursuivi ; encombré de sa jeune enfant, il n'osa reprendre son existence aventureuse ; il resta donc sur Aros, plein de rancœur contre le destin. Les années avaient passé sur lui sans diminuer son isolement, et ne lui avaient apporté ni secours ni joie. Pendant ce temps, notre famille s'éteignait peu à peu dans les Basses-Terres ; la chance ne sourit guère à ceux qui sont issus de cette triste race ; et peut-être mon père eut-il plus de chance que tous les autres, car, non content d'être parmi les derniers à mourir, il laissa derrière lui un fils pour perpétuer son nom et un peu d'argent pour lui permettre de s'en montrer digne. Étudiant à l'université d'Édimbourg, je vivais de mes propres deniers, qui suffisaient à mon confort, mais je n'avais ni parents ni amis, lorsqu'une vague rumeur parvint jusqu'à mon oncle Gordon, sur le Ross de Grisapol, lui révélant mon existence ; comme il était sensible à la voix du sang, il m'écrivit le jour même où il entendit parler de moi, et m'apprit que je devais considérer Aros comme ma propre demeure. C'est ainsi que j'en étais venu à passer mes vacances dans cette région, loin de toute compagnie et de toute commodité, entre les morues et les coqs de bruyère ; et c'est ainsi qu'à présent, mes cours terminés, j'y retournais d'un cœur si léger par cette journée de juillet.

Le Ross (c'est ainsi que nous l'appelons) est un promontoire qui, sans être ni large ni élevé, demeure aussi rude aujourd'hui que lorsque Dieu le façonna ; de part et d'autre s'étend une profonde mer semée d'îles rocailleuses et de récifs fort dangereux pour les marins : tout cela est dominé, à l'est, par de très hautes falaises et le pic majestueux de Ben Kyaw. Le *mont des Brumes* : c'est, dit-on, ce que ces mots signifient en gaélique ; et ce nom est bien choisi. En effet, ce sommet, dont la hauteur dépasse trois mille pieds, capture tous les nuages que le vent amène de la haute mer ; mieux encore : je me suis souvent dit qu'il devait les créer lui-même pour son propre usage, car lorsque le ciel entier était clair jusqu'à l'horizon du côté de la mer, il y avait toujours sur Ben Kyaw une guirlande de nuées. La montagne attirait aussi l'humidité : elle était par conséquent recouverte de tourbe jusqu'au sommet. Il m'est arrivé, alors que nous étions assis en plein soleil sur le Ross, de voir une pluie noire comme le crêpe s'abattre sur la montagne. Mais cette humidité même la rendait souvent plus belle à mes yeux ; car lorsque les rayons du soleil heurtaient ses flancs, il y avait là bien des rochers mouillés et bien des cours d'eau qui, pareils à des bijoux, brillaient d'un éclat si vif qu'on les voyait d'Aros, à quinze miles de là.

La route que je suivis était un sentier à bestiaux. Elle était tellement sinueuse que mon itinéraire en était presque doublé ; elle enjambait de rudes rochers, de sorte qu'il fallait sauter de l'un à l'autre, et traversait des fossés où la tourbe flasque vous arrivait presque aux genoux. Il n'y avait pas la moindre trace de cultures, et pas une seule maison entre Grisapol et Aros, distants de dix miles. Des maisons, il y en avait, bien sûr : j'en comptais trois, au bas mot ; mais elles se trouvaient si loin d'un côté ou de l'autre que nul étranger n'eût pu les découvrir du sentier. Le Ross est en grande partie recouvert de gros blocs de granit, parfois plus grands qu'une maison de deux pièces, et dressés l'un à côté de l'autre ; dans l'intervalle poussent les fougères et de hautes bruyères où pullulent les vipères. De quelque direction que vînt le vent, c'était toujours un air marin qui soufflait, aussi salé que sur un bateau ; les mouettes volaient avec la même liberté que les oiseaux des landes au-dessus du Ross tout entier ; et dès que le chemin s'élevait un peu, l'œil s'enflammait au spectacle de la mer et de sa clarté. En plein milieu des terres, les jours de grand beau temps, quand souffle un vent printanier, il m'est arrivé d'entendre le raz rugir comme une bataille dans les parages d'Aros, et la voix terrible et sonore des brisants que nous appelons les Merry Men[1].

À proprement parler, Aros — ou Aros Jay : c'est le nom que j'ai entendu les gens du pays lui donner, et il signifie, disent-ils, la *Maison de Dieu* —, Aros, donc, ne faisait pas vraiment partie du Ross, sans pour autant être tout à fait un îlot. Elle formait le coin sud-est du promontoire, en suivait de très près les contours, et, à un certain endroit, n'était séparée de la côte que par un mince bras de mer qui, à son point le plus resserré, n'atteignait pas quarante pieds. Quand la marée était haute, les flots de ce détroit étaient clairs et tranquilles, comme l'est, à terre, un plan d'eau au milieu d'une rivière ; cependant, les algues et les poissons différaient quelque peu, et l'eau elle-même n'était pas brune, mais verte ; en revanche, lorsque la mer se retirait, et que la marée était au plus bas, il était possible chaque mois pendant un ou deux jours de passer à pied sec d'Aros au continent. Il y avait là quelques bons pâturages, où mon oncle faisait paître les moutons qui lui permettaient de subsister ; peut-être la pâture y était-elle meilleure

1. Littéralement : les « Joyeux Drilles ».

15

parce que le terrain s'élevait plus haut sur l'îlot
que sur le Ross lui-même, mais quant à cela, je
ne suis pas à même de juger. La maison était
belle pour cette région : elle avait un étage.
Orientée à l'ouest, elle donnait sur une baie.
Tout près se trouvait une jetée où l'on pouvait
amarrer un bateau, et, du seuil, on pouvait observer les nuées poussées par le vent sur Ben
Kyaw.

Tout au long de cette partie de la côte, et no-
tamment dans les environs d'Aros, les grands
blocs de granit dont j'ai parlé plus haut descen-
dent tous ensemble, en troupe, jusqu'à la mer,
comme font les bestiaux les jours d'été. Dressés
là, ils ressemblent en tout point à leurs voisins
debout sur la rive ; si ce n'est que le silence des
terres fait place, entre deux rochers, aux san-
glots de l'eau salée, qu'au lieu de bruyère des
touffes d'œillets de mer poussent sur leurs
flancs, et que les grandes anguilles de mer s'en-
roulent autour de leur base là où, sur terre, se
lovent les vipères venimeuses. Les jours de
calme, on peut errer en barque entre les rochers
pendant des heures, poursuivi par l'écho à travers un véritable labyrinthe ; mais quand la mer
est grosse, puisse le Ciel venir en aide à qui entend bouillonner ce terrible chaudron.

Au large de l'extrémité sud-ouest d'Aros, ces
blocs sont fort nombreux, et de bien plus

grande taille. Qui plus est, ils doivent grossir encore jusqu'à atteindre des proportions monstrueuses à mesure que l'on s'éloigne du rivage, car, sur une distance qui doit bien atteindre dix miles, la haute mer en est parsemée : serrés l'un contre l'autre comme les maisons dans un hameau, certains dépassent de trente pieds le niveau des marées, d'autres sont recouverts par les eaux, mais tous sont périlleux pour les navires ; de sorte que, par une belle journée où le vent était à l'ouest, j'ai compté jusqu'à quarante-six récifs engloutis sur lesquels les grands rouleaux se brisaient lourdement, dans un déferlement de blancheur. Mais c'est plus près de la rive que le danger est le plus grand ; car la marée, qui, à cet endroit, court à la vitesse d'un bief de moulin, donne naissance à une longue étendue d'eaux turbulentes (ce que nous appelons un *raz*) en arrière des terres. Je m'y suis souvent aventuré lorsque la mer est étale et que le temps est au calme plat ; et c'est un bien étrange endroit : la mer tourbillonne, ondule, bouillonne comme les chaudrons d'une cascade, et de temps à autre un léger murmure dansant se fait entendre, comme si le raz se parlait à lui-même. Mais lorsque le courant se réveille, et surtout par gros temps, pas un homme ne saurait s'en approcher en bateau à moins d'un demi-mile, pas un navire ne saurait se diriger ni survivre en pareil lieu. On entend les eaux rugir à six miles de là. C'est à l'extrémité du raz, du côté de la haute mer, que le bouillonnement est le plus intense ; et c'est là que d'énormes brisants exécutent ce que l'on peut appeler leur danse de mort — ces brisants qui, dans la région, ont pour nom les Merry Men. J'ai entendu dire qu'ils s'élèvent jusqu'à une hauteur de cinquante pieds ; mais il ne devait s'agir que des masses d'eau verte, car les embruns montent deux fois plus haut. Quant à dire s'ils doivent leur nom à leurs mouvements, qui sont rapides et fantasques, ou aux cris qu'ils poussent lorsque la marée s'inverse, et qui font trembler tout Aros, j'en serais bien incapable.

À la vérité, lorsque le vent souffle du sud-ouest, cette région-là de notre archipel est un piège redoutable. À supposer qu'un navire parvienne à franchir les récifs et échappe aux Merry Men, ce serait pour accoster sur la côte sud d'Aros, dans la baie de Sandag, où tant de sinistres événements ont accablé notre famille, comme je me propose de le raconter. La pensée de tous ces dangers, en un lieu que je connais depuis si longtemps, me fait accueillir avec un enthousiasme tout particulier les travaux en cours, qui ont pour but de dresser des phares sur les promontoires de nos îles inhospitalières et d'équiper de bouées les chenaux qui séparent ces forteresses naturelles.

Les paysans colportaient bien des légendes sur Aros, comme celles que me racontait Rorie, le domestique qui, jadis au service des Maclean, était passé sans la moindre hésitation à celui de mon oncle lors de son mariage. On racontait je ne sais quelle histoire où figurait une créature infortunée, un esprit marin qui demeurait parmi les brisants et les eaux bouillonnantes du raz, et, à sa manière, y brassait de terribles affaires. Un jour, sur la plage de Sandag, une sirène avait rencontré un cornemuseur et avait chanté pour lui dans la clarté d'une longue nuit d'été, tant et si bien qu'au matin on le retrouva frappé de folie, et de ce jour jusqu'au jour de sa mort il ne prononça plus que quelques mots, toujours les mêmes ; quels étaient ces mots en gaélique, je ne saurais le dire, mais on les traduisait ainsi : « Ah, le chant suave qui monte de la mer ! » On a entendu les phoques qui hantent ces rivages parler aux hommes dans leur propre langue, ce qui présage de grands désastres. C'est là que quelque saint accosta pour la première fois lorsqu'il vint d'Irlande convertir les habitants des Hébrides[1]. De fait, il pouvait, à

---

1. Il s'agit de saint Colomba ou Colomban (521-597) qui se rendit dans l'île d'Iona en 563, avec douze compagnons, et y fonda un monastère.

mon sens, prétendre non sans raison au titre de saint ; car réussir une aussi rude traversée et toucher terre sur une côte aussi difficile dans le genre de bateau dont on disposait à cette époque reculée tient à coup sûr du miracle. C'est à lui, ou à quelques-uns de ses subordonnés, des moinillons qui avaient ici leur cellule, que l'îlot doit son nom splendide et sacré, la Maison de Dieu.

Parmi ces contes de bonne femme s'en trouvait un que j'étais disposé à écouter d'une oreille plus crédule. Au cours de la fameuse tempête qui dispersa les navires de l'Invincible Armada à travers tout le nord et l'ouest de l'Écosse[1], un grand vaisseau, me racontait-on, s'était approché des rivages d'Aros et, sous les yeux de quelques observateurs solitaires qui se trouvaient au sommet d'une colline, avait sombré corps et biens en un moment ; son pavillon flottait encore alors même qu'il s'abîmait dans les flots. Ce récit n'était pas sans quelque vraisemblance ; car un autre navire issu de la même flotte avait fait naufrage au nord du pro-

---

1. L'exécution de Marie Stuart, en février 1587, fournit au catholique Philippe II d'Espagne l'occasion de déclarer la guerre à l'Angleterre protestante, depuis longtemps rivale de l'Espagne. Très vite la confrontation tourna au désastre pour l'Invincible Armada ; de nombreux navires espagnols s'échouèrent sur les côtes irlandaises et écossaises où leur équipage fut massacré par les habitants.

montoire, à environ vingt miles de Grisapol, et y reposait encore. Cette histoire m'était racontée, me semblait-il, avec plus de détails et de gravité que celles qui l'accompagnaient, et il s'y trouvait une particularité qui avait contribué pour beaucoup à me convaincre de sa véracité : on se souvenait encore du nom de ce bateau, et il avait, à mes oreilles, une consonance espagnole. L'*Espirito Santo* (c'est ainsi qu'on l'appelait) était un grand navire, garni de nombreuses rangées de canons, chargé de trésors, de grands d'Espagne et de féroces *soldados*, et il reposerait désormais jusqu'à la fin des temps à quelques brasses de profondeur, parvenu au terme de ses batailles et de ses traversées, dans la baie de Sandag, à l'ouest d'Aros. Plus de salves d'artillerie pour ce navire de haut bord, le « Saint-Esprit », plus de vents favorables ni de hardis succès ; il ne lui restait qu'à pourrir là, au fond de la mer, sous les algues emmêlées, et à écouter les hurlements des Merry Men lorsque le courant encerclait l'île à marée haute. C'était là pour moi, depuis toujours, une étrange pensée, et elle ne devint que plus étrange à mesure que j'en apprenais davantage sur l'Espagne — où il avait pris la mer avec, à son bord, une si fière compagnie — et sur le roi Philippe, ce riche souverain, qui l'avait envoyé faire cette traversée.

Et maintenant je dois vous dire que, comme je m'éloignais à pied de Grisapol ce jour-là, l'*Espirito Santo* tenait une très grande place dans mes réflexions. J'avais été distingué par celui qui était alors notre Principal à l'université d'Édimbourg, le docteur Robertson, le fameux écrivain, et j'en avais reçu pour mission de classer certains papiers d'âge vénérable et d'écarter ceux qui étaient sans valeur ; et dans l'un de ces documents, à ma grande surprise, j'avais découvert qu'il était fait mention de ce même navire, l'*Espirito Santo*, du nom de son capitaine, et du naufrage de ce bâtiment, qui transportait une grande partie des trésors des Espagnols, sur le Ross de Grisapol ; mais quant au lieu exact où il avait sombré, les tribus sauvages qui à cette époque peuplaient la région avaient refusé de livrer la moindre information en réponse à l'enquête mandée par le roi. J'avais sans peine fait le rapprochement entre nos traditions insulaires et cette allusion aux recherches jadis entreprises par notre vieux roi Jamie[1] dans l'espoir d'accroître ses richesses, et il m'était apparu avec force que le lieu dont il s'était enquis en vain ne pouvait être que la petite baie de Sandag, qui se trouvait sur les terres de mon oncle ; et comme

1. Jamie est le diminutif écossais de James (Jacques). Il s'agit du fils de Marie Stuart, roi d'Écosse sous le nom de Jacques VI, et qui succéda à Élisabeth Ire sur le trône d'Angleterre sous le nom de Jacques Ier.

j'avais l'esprit porté sur la mécanique, je n'avais cessé depuis lors de calculer comment ramener au jour ce brave navire avec tous ses lingots, ses doublons et ses onces de métal fin, et restaurer la dignité et la richesse depuis longtemps oubliées de la maison Darnaway.

De ce dessein, j'eus bientôt lieu de me repentir. Mon esprit se trouva contraint sans ménagement à de tout autres réflexions ; et depuis que j'ai été témoin d'un étrange jugement de Dieu, la seule pensée des défunts et de leurs trésors est intolérable à ma conscience. Mais je dois ajouter que, même à cette époque, je n'étais pas coupable d'avoir cédé au sordide appât du lucre ; car si je désirais les richesses, ce n'était pas pour elles-mêmes, mais pour une personne chère à mon cœur : la fille de mon oncle, Mary Ellen. Elle avait reçu une bonne éducation, et avait un temps été à l'école sur le continent ; quoique la pauvre fille eût été plus heureuse sans cela. En effet, elle n'était guère faite pour vivre à Aros auprès du vieux Rorie, le domestique, et de son père : celui-ci, qui était l'un des hommes les plus malheureux d'Écosse, avait reçu une éducation austère dans un village campagnard parmi des caméroniens[1] et, après

---

1. Richard Cameron, prédicateur calviniste et défenseur du protestantisme, donna naissance à un mouvement qui fonda l'Église presbytérienne reformée, particulièrement influente dans les campagnes de l'ouest de l'Écosse.

avoir longtemps commandé un navire qui circulait entre les îles et l'embouchure de la Clyde, se contentait aujourd'hui, plein d'un infini mécontentement, d'élever ses moutons et de pêcher un peu le long des côtes pour gagner le pain nécessaire à sa subsistance. Si ce mode de vie me pesait parfois, à moi qui ne passais là qu'un mois ou deux, on devinera sans peine ce qu'il signifiait pour elle qui, tout au long de l'année, demeurait au milieu de ce désert, sans jamais voir autre chose que les moutons, le ciel sillonné par les mouettes, et les Merry Men qui chantent et dansent sur le raz !

CHAPITRE II

Ce que le naufrage avait apporté
à Aros

La marée était à moitié haute lorsque j'arrivai en vue d'Aros ; il fallut bien me poster sur le rivage opposé et siffler pour que Rorie vînt me chercher en bateau. Je n'eus pas besoin de me signaler à nouveau. À peine m'étais-je fait entendre que Mary, du seuil, agita un mouchoir en guise de réponse et que le vieux domestique, traînant ses longues jambes, descendit sur le gravier jusqu'à la jetée. Malgré sa hâte, il mit beaucoup de temps à traverser la baie à force de rames ; et je le vis s'interrompre plusieurs fois, aller jusqu'à la poupe et se pencher par-dessus bord avec curiosité pour contempler le sillage. Lorsqu'il se fut rapproché, je le trouvai vieilli et blême, et j'eus l'impression qu'il évitait de croiser mon regard. La barque avait été réparée, deux des bancs de nage étaient nouveaux, ainsi que plusieurs pièces d'un beau bois rare et exotique dont j'ignorais le nom.

« Dis-moi, Rorie », lui dis-je tandis que nous entamions le voyage de retour, « voilà du bien beau bois. Comment te l'es-tu procuré ?

— Pour sûr, on a du mal à l'attaquer au ciseau », déclara-t-il non sans réticence.

Là-dessus, il lâcha les rames ; il se jeta une nouvelle fois à l'arrière du bateau comme je l'avais vu faire tandis qu'il venait me chercher, posa sa main sur mon épaule et lança un regard terrible dans les eaux de la baie.

« Que se passe-t-il ? demandai-je fort alarmé.

— Pour sûr, c'est un gros poisson », dit le vieillard tandis qu'il revenait se saisir des rames ; et je ne parvins plus à tirer quoi que ce soit de lui, hormis d'étranges regards et un hochement de tête qui ne présageait rien de bon. Malgré moi, je sentis par contagion un certain malaise m'envahir ; je me retournai moi aussi, et observai le sillage. L'eau était calme et transparente, mais là où nous nous trouvions, au beau milieu de la baie, elle était excessivement profonde. Un temps, je ne vis rien ; mais à la longue, je crus en effet voir quelque chose de sombre, un poisson, ou peut-être rien d'autre qu'une ombre, accompagner avec application nos mouvements dans le sillage de la barque. C'est alors que je me souvins de l'une des superstitions de Rorie : il croyait qu'à Morven, alors que faisait rage une sanglante querelle de clans, un poisson d'une espèce inconnue dans les eaux de notre pays avait pendant plusieurs années suivi le bac dans toutes ses traversées, jusqu'au jour où nul homme n'eut plus le courage de faire ce trajet.

« Pour sûr, il attend son homme », déclara Rorie.

Mary vint à ma rencontre sur le rivage ; elle me fit escalader le coteau et entrer dans la maison d'Aros. Dehors comme dedans, bien des choses avaient changé. Autour du jardin se dressait une palissade de bois, le même que j'avais déjà remarqué dans la barque ; dans la cuisine se trouvaient des fauteuils recouverts d'un étrange brocart ; des rideaux de brocart également pendaient devant la fenêtre ; une pendule silencieuse reposait sur le buffet ; une lampe de cuivre était accrochée au plafond ; le linge de table et l'argenterie disposés pour le déjeuner étaient de la plus belle qualité ; et toutes ces nouveautés somptueuses, étalées dans la vieille cuisine toute simple que je connaissais si bien, côtoyaient le banc à haut dossier, les tabourets et le lit clos de Rorie ; la large cheminée qui laissait entrer la lumière du soleil et la flamme claire qui couvait sous les blocs de tourbe ; les pipes disposées sur la cheminée et, posés à terre, les crachoirs triangulaires remplis de coquillages au lieu de sable ; la pierre nue des murs et, nu lui aussi, le plancher de bois, et les trois tapis faits de pièces disparates qui, naguère, en étaient l'unique ornement : les tapis du pauvre, qui ne ressemblent à rien de ce que l'on voit en ville, et où les tissus confectionnés sur place se mêlent à l'étoffe noire des habits du dimanche et à la toile des vêtements de marins, polie sur le banc des rameurs. Dans la région rurale où nous étions, cette pièce, comme la maison tout entière, avait eu naguère quelque chose de miraculeux, tant elle était commode et bien tenue ; et de la voir maintenant déshonorée par ces ajouts incongrus me remplit d'indignation et d'une sorte de colère. Au vu des motifs qui m'avaient conduit à Aros, ces sentiments étaient injustes et sans fondement ; mais, dès le premier instant, j'en sentis dans mon cœur la vive brûlure.

« Mary, mon amie, dis-je, on m'avait appris à considérer cette maison comme la mienne, et je ne la reconnais pas.

— Cette maison est la mienne par nature, non par apprentissage, répondit-elle ; c'est ici que je suis née, c'est ici que je mourrai sans doute ; et je n'aime ni ces changements, ni ce qui les a amenés, ni ce qui les a accompagnés. J'aurais préféré, n'en déplaise à Dieu, que tous ces objets se soient abîmés dans la mer, et que les Merry Men dansent aujourd'hui sur eux. »

Mary était toujours d'humeur sérieuse ; c'est peut-être le seul trait de caractère qu'elle partageait avec son père ; mais le ton sur lequel elle prononça ces mots était encore plus grave que de coutume.

« C'est donc cela, dis-je. Je craignais bien que vous ne les deviez à un naufrage, c'est-à-dire à un décès ; pourtant, lorsque mon père est mort, j'ai repris ses biens sans remords.

— Ton père est mort de sa belle mort, comme on dit, répondit Mary.

— C'est exact, répliquai-je ; et un naufrage est comparable à un jugement. Comment s'appelait le navire ?

— On l'appelait le *Christ-Anna* », dit une voix derrière moi ; je me retournai, et vis mon oncle debout dans l'embrasure de la porte.

C'était un petit homme bilieux et amer, au visage allongé et aux yeux très sombres ; il avait cinquante-six ans, était doté d'un corps toujours actif et d'une constitution solide, et, de par son allure, tenait aussi bien du berger que du marin. Il ne riait jamais, ou du moins pas en ma présence ; passait de longs moments devant sa bible à lire ; priait beaucoup, comme les caméroniens parmi lesquels il avait été élevé ; et de fait, à bien des égards, me faisait penser à l'un des prédicateurs itinérants qui parcouraient nos collines au temps des massacres qui précédèrent la Révolution[1]. Mais sa piété ne lui avait jamais été d'un grand réconfort, ni même, à mon sens, d'un grand secours spirituel. Il était sujet à des accès d'humeur noire pendant lesquels il avait peur de l'enfer ; mais il avait mené une vie grossière et rude, qu'il se remémorait avec nostalgie, et demeurait un homme rude, froid et morose.

Lorsqu'il franchit le seuil, la tête coiffée de son bonnet et une pipe suspendue à sa boutonnière, et qu'il cessa d'être environné par les rayons du soleil, il me parut avoir vieilli et pâli, comme Rorie. Les rides dont son visage était sillonné étaient plus profondes, et le blanc de ses yeux était jaune, comme du vieil ivoire terni, ou comme les ossements des morts.

« Eh oui », répéta-t-il en s'attardant sur la première partie du nom, « le *Christ-Anna*. C'est un nom terrible. »

Je lui présentai mes salutations, et le félicitai d'avoir l'air en si bonne santé ; car il avait peut-être été malade, ou du moins je le redoutais.

« De corps, je le suis, répondit-il de fort mauvaise grâce ; de corps, je suis toujours malade,

1. Après la défaite de Cameron en 1680, Charles II puis Jacques II continuèrent à persécuter les caméroniens qui se réunissaient dans les champs pour prier autour de pasteurs itinérants. En 1688, la Glorieuse Révolution mit fin à ce qu'on appela le « temps des massacres ».

malade des péchés du corps, comme toi. À déjeuner ! » dit-il à Mary sur un ton abrupt ; puis il enchaîna à mon intention : « Ce sont de bien beaux objets, n'est-ce pas, que ceux que nous avons maintenant ? Il y a là-bas cette belle pendule, mais il n'y a pas moyen de la faire fonctionner ; et le linge de table sort de l'ordinaire. De bien belles babioles pour amuser les enfants ; c'est contre de pareilles babioles que des gens échangent la paix du royaume de Dieu ; c'est pour de pareilles babioles, ou d'autres qui peut-être ne les valent pas, que des gens raillent Dieu devant Sa face et brûlent au plus profond de l'enfer ; et c'est pour cette raison que l'Écriture les dit maudites, ou du moins est-ce ainsi que je comprends le passage. »

Il fit une pause, puis : « Holà ! Mary », criat-il non sans brutalité, sur le même ton que s'il hélait la fille de salle, « pour quelle raison n'as-tu pas sorti les deux chandeliers ?

— À quoi pourraient-ils bien nous servir en plein midi ? » demanda-t-elle.

Mais il n'y eut pas moyen de faire que mon oncle renonce à son idée.

« Nous en profiterons pendant qu'il en est encore temps », dit-il ; et c'est ainsi que deux lourds chandeliers d'argent ciselé s'ajoutèrent à tout l'attirail qui se trouvait sur la table, et qui était déjà si loin de convenir à cette simple ferme en bord de mer.

« Le navire s'est échoué le 10 février, vers 10 heures du soir, poursuivit-il à mon adresse. Il n'y avait pas de vent, et le courant, en mer, était terrible ; à mon avis, le bateau a dû être aspiré par le raz. Nous l'avions vu, Rorie et moi, louvoyer au plus près toute la journée. Je crois bien qu'il n'était pas facile à manœuvrer, ce pauvre *Christ-Anna*, car l'équipage avait beau faire, il n'arrivait pas à le gouverner ni à manipuler les haubans. Les malheureux ont passé une terrible journée ; ils n'ont pas lâché les bâches un instant, alors qu'il faisait un froid mortel, trop froid pour que la neige puisse tomber ; et toujours il leur arrivait un petit vent qui leur permettait de repartir, comme pour leur redonner de faux espoirs. Eh oui, mon garçon ! Ce fut pour eux une terrible journée, sans répit jusqu'à la fin ! Il aurait eu bien de la fierté au cœur, celui qui aurait réussi à toucher terre après une lutte pareille.

— Ils ont donc tous péri ? m'écriai-je. Dieu leur vienne en aide !

— Silence ! dit-il d'un ton sévère. J'interdis à quiconque de prier pour les morts sous mon toit[1]. »

1. La prière pour les morts est réprouvée par la religion calviniste, qui est celle des caméroniens.

Je niai avoir donné un sens papiste à mon exclamation ; il parut accepter mon démenti avec
une facilité inhabituelle, et se lança dans une
nouvelle tirade sur ce qui, de toute évidence,
était désormais l'un de ses sujets favoris.

« Nous avons trouvé l'épave, Rorie et moi,
dans la baie de Sandag, avec tous ces trésors à
l'intérieur. Il y a un passage délicat, vois-tu,
dans les environs de Sandag ; à certains moments, le courant vous aspire avec violence
vers les Merry Men ; et à d'autres moments,
quand la marée est violente et que l'on entend
le raz mugir à l'autre bout d'Aros, il se fait un
retour de courant qui vous pousse droit dans
la baie de Sandag. Eh bien, c'est cela qui a
piégé le *Christ-Anna* ! Il a dû se laisser pousser
vers la terre sans y prendre garde, la poupe en
avant ; car la proue est souvent sous l'eau, et
l'arrière dépasse quand la mer est haute, pendant les marées de morte-eau. Ah, mon garçon ! Dans quel vacarme il a coulé, quand il a
heurté le rivage ! Dieu nous bénisse ! mais
c'est une étrange vie que celle d'un marin ;
c'est une vie de froidure et d'infortune. Moi-
même, en haute mer, j'ai vécu bien des moments d'épouvante ; et jamais je ne parvien-
drai à comprendre pourquoi le Seigneur a
créé ces eaux terrifiantes. Il a créé les vallons
et les pâturages, les belles campagnes et leur

verdure, la terre, pleine d'une vie riante et vigoureuse…

> *Adonc voit-on par les campagnes*
> *Mille troupeaux divers,*
> *Et les entre-deux des montagnes*
> *De grands blés tous couverts,*

comme disent les Psaumes dans la traduction versifiée. Non que je veuille ajouter foi à tout ce verbiage clinquant ; mais c'est joliment dit, et plus facile à retenir ainsi. "Ceux qui dedans gallées[1] dessus la mer s'en vont", nous dit-on encore,

> *Et en grands eaux salées*
> *Mainte trafficque font :*
> *Ceux-là voyent de Dieu*
> *Les œuvres merveilleuses,*
> *Sur le profond milieu*
> *Des vagues périlleuses.*

Facile à dire. Peut-être David ne connaissait-il pas bien la mer. Mais en vérité, si ce n'était pas imprimé dans la Bible, je serais parfois tenté de penser que ce n'est pas le Seigneur, mais le diable, le grand diable tout noir, qui a créé la mer.

1. Galères.

34

Il n'en sort jamais rien de bon, hormis les poissons ; et bien sûr le spectacle de Dieu chevauchant la tempête, ce doit être à cela que David voulait faire allusion. Mais, mon garçon, elles étaient terribles, les merveilles que Dieu a fait voir au *Christ-Anna*. Des merveilles ? ai-je dit. Plutôt un acte de justice : un acte accompli dans la nuit ténébreuse, parmi les dragons des profondeurs. Et leur âme... tu te rends compte, mon garçon... leur âme, qui ne s'y était peut-être pas préparée ! La mer... immense portail de l'enfer ! »

Je notai, tandis que mon oncle parlait, que sa voix trahissait une émotion contraire à sa nature, et que son attitude était plus démonstrative qu'à l'ordinaire. Par exemple, il se pencha en avant lorsqu'il prononça ces derniers mots, me toucha le genou de ses doigts écartés et leva les yeux vers mon visage ; il était d'une pâleur certaine, et je vis que ses yeux brillaient d'un feu très profond, et que les rides qui entouraient sa bouche étaient agitées d'un tremblotement crispé.

Rien ne parvint à lui faire perdre plus d'un instant le fil de ses pensées, pas même l'entrée de Rorie, ni le début de notre repas. Certes, il condescendit à me poser quelques questions sur mes résultats à l'université, mais j'eus le sentiment que seule une moitié de son esprit s'y

intéressait ; et je trouvai des traces de ses préoc-
cupations jusque dans son bénédicité improvisé
qui, comme à l'ordinaire, fut long et diffus : il
pria Dieu de « se souvenir dans sa miséricorde
de quatre pauvres créatures insignifiantes, mé-
prisables et chargées de péchés, ici rassemblées
à l'écart du monde près de la morne immensité
des eaux ».

Bientôt eut lieu un échange entre Rorie et
lui.

« Il était là ? demanda mon oncle.

— Hélas, oui ! » dit Rorie.

Je notai qu'ils parlaient l'un et l'autre
comme en aparté, qu'ils laissaient transparaître
un certain embarras, et que Mary elle-même
rougit et baissa les yeux vers son assiette. En
partie pour montrer que j'étais au courant et,
par là, libérer mes compagnons d'un poids qui
les gênait, et en partie par curiosité, je poursuivis la conversation sur le même sujet.

« Vous voulez parler du poisson ? demandai-je.

— Quel poisson ? s'écria mon oncle. Un poisson ! Il prétend que c'est un poisson ! Tes yeux
sont aveuglés par le superflu, mon garçon ; ta
tête est bercée par les mensonges de la chair.
Un poisson ! Balivernes ! C'est un esprit ! »

Il parlait avec beaucoup de véhémence,
comme s'il était en colère ; et peut-être n'étais-
je guère disposé à me laisser si vite réduire au

silence, car les jeunes gens aiment la contro-
verse. Tout au moins me souviens-je que je ré-
pliquai avec emportement ; je dénonçai à
grands cris toutes ces superstitions puériles.

« Et tu viens de l'université ! » répliqua oncle
Gordon d'un ton de mépris. « Dieu sait ce
qu'ils vous apprennent là-bas ; de toute manière, cela ne vous sert pas à grand-chose. Crois-
tu, mon garçon, qu'il n'y ait rien dans toute
l'immensité salée de ce monde désertique qui
s'étend là-bas à l'ouest, et où, jour après jour,
les algues marines poussent, les bêtes marines
se battent, et le soleil répand son éclat ? Non ;
la mer est comme la terre, mais plus terrible.
S'il y a des gens à terre, il y a des gens dans les
mers. Bien sûr, ils sont morts, mais ce sont des
gens tout de même ; et pour ce qui est des démons, il n'y en a pas de comparables aux démons des mers. Les démons des terres ne sont
pas si mauvais, au bout du compte. Il y a longtemps, quand j'étais jeune et que je vivais dans
le sud de l'Écosse, je me souviens qu'il y avait
un vieil esprit tout chauve dans le Peewie Moss.
Je l'ai aperçu moi-même, accroupi dans une
tourbière, la mine aussi grisâtre qu'une pierre
tombale. Et, à la vérité, il était effrayant, ce cra-
paud. Mais il ne dérangeait personne. Sans
doute, si quelqu'un de réprouvé, quelqu'un
que le Seigneur haïssait, était passé par là, le

cœur encore chargé de tous ses péchés, il ne fait pas de doute que cette créature se serait jetée sur un homme pareil. Mais il y a des démons au fond des mers qui seraient capables de s'attaquer à un communiant ! Oui, messieurs, si vous aviez sombré avec les pauvres garçons qui étaient à bord du *Christ-Anna*, vous connaîtriez maintenant la miséricorde des mers. Si vous aviez navigué aussi longtemps que moi, vous détesteriez y penser, tout comme moi. Si vous vous étiez seulement servis des yeux que Dieu vous a donnés, vous auriez appris tout ce qu'il y a de méchanceté chez cette créature hypocrite, salée, froide, bouillonnante, et chez tout ce qu'elle renferme avec la permission du Seigneur : les homards et les crabes, et leurs semblables, qui mettent les cadavres en pièces ; les énormes baleines voraces qui crachent de l'eau ; et les poissons, oui, tout leur clan, tous ces sinistres monstres au ventre froid, avec leurs yeux aveugles. Oh, messieurs, s'écria-t-il, que d'horreurs ! Que d'horreurs dans les mers ! »

Nous fûmes tous quelque peu désarçonnés par cette explosion ; et l'orateur parut lui-même s'absorber dans de sombres pensées après avoir lancé ces derniers mots d'une voix rauque. Mais Rorie, qui était avide de superstitions, le relança d'une question, toujours sur le même sujet.

« Vous n'avez sûrement jamais vu de démon des mers ? demanda-t-il.

— Clairement vu, non, répliqua l'autre, et je doute qu'un simple être humain puisse en voir un clairement et garder l'âme chevillée au corps. Un garçon avec qui j'ai navigué… Il s'appelait Sandy Gabart ; il en a vu un, c'est sûr, et il est sûr qu'il n'y a pas survécu. Nous avions quitté l'embouchure de la Clyde depuis sept jours… et quel dur labeur cela nous avait coûté !… Nous faisions voile vers le nord, chargés de grain et de toutes sortes de marchandises précieuses pour le clan Macleod. Nous nous étions trop rapprochés des terres sous les Cuillin ; nous venions de les contourner du côté de Soa, et nous étions partis pour un long trajet, pensant peut-être poursuivre dans cette direction jusqu'à Copnahow. Je me souviens bien de cette nuit-là ; la brume étouffait la lumière de la lune ; une bonne brise fraîche soufflait à la hauteur des vagues, même si elle manquait de constance ; et (ce qui, à bord, ne réjouissait personne) un autre vent mugissait au-dessus de nous, parmi les vieux rochers redoutables qui parsèment la côte escarpée des Cuillin. Donc, Sandy était à l'avant, et surveillait le foc ; nous ne pouvions pas le voir à cause de la grand-voile, qui commençait tout juste à enfler, quand, tout d'un coup, il a poussé un cri. Le plus vite que j'ai pu, j'ai viré lof pour lof, car je croyais que nous étions trop près de Soa ; mais, non, ce n'était pas cela, c'était le cri d'agonie du pauvre Sandy Gabart, ou du moins il s'en est fallu de peu, car une demi-heure plus tard, il était mort. Il n'a pu nous dire qu'une chose : un démon des mers, ou un esprit, ou un spectre marin, ou quelque chose du même genre, avait grimpé à bord le long du mât de beaupré, et, d'un regard froid, lui avait jeté un mauvais sort. Et, avant même que la vie n'ait quitté le corps de Sandy, nous n'avons que trop bien compris ce que ce prodige annonçait, et pourquoi le vent mugissait dans les hauteurs des Cuillin ; car il s'est abattu sur nous... Le vent, ai-je dit ? C'était le vent de la colère du Seigneur ! Cette nuit-là, nous nous sommes battus comme des déments, et lorsque nous avons repris nos esprits, nous étions à terre, sur le rivage du loch Uskevagh, et les coqs chantaient à Benbecula.

— Ce devait être un triton, dit Rorie.

— Un triton ! » hurla mon oncle, avec un incommensurable mépris. « Racontars de bonne femme ! Les tritons n'existent pas.

— Mais à quoi ressemblait cette créature ? demandai-je.

— À quoi elle ressemblait ? Dieu nous garde d'apprendre à quoi elle ressemblait ! Elle avait une sorte de tête ; il n'est pas donné aux hommes d'en dire plus. »

Piqué au vif par l'affront qu'il avait subi, Rorie raconta alors plusieurs histoires de tritons, de sirènes et de chevaux marins qui s'étaient échoués dans les îles et, en mer, avaient attaqué l'équipage des bateaux ; et mon oncle, malgré son incrédulité, l'écouta avec un intérêt mêlé de gêne.

« Très bien, très bien, dit-il, peut-être est-ce vrai ; peut-être ai-je tort ; mais je ne connais pas une seule allusion aux tritons dans l'Écriture.

— Et peut-être bien que vous n'y trouverez rien sur Aros et le raz », objecta Rorie, et cet argument parut ébranler son interlocuteur.

Lorsque le déjeuner eut pris fin, mon oncle me conduisit jusqu'à un talus qui se trouvait derrière la maison. L'après-midi était très chaud et tranquille ; c'est à peine si quelques ondulations étaient visibles sur les flots, et pas une voix ne se faisait entendre, hormis celle, familière, des moutons et des mouettes ; peut-être est-ce en raison du repos dans lequel la nature était plongée que mon oncle fit preuve de plus de bon sens et de tranquillité qu'auparavant. Il parla de ma carrière sur un ton égal et presque joyeux, non sans faire de temps en temps mention du navire perdu en mer ou des trésors qu'il avait apportés à Aros. De mon côté, je l'écoutai dans une sorte de transe : le cœur débordant, je contemplais ces lieux dont j'avais tant de souvenirs, et je me rassasiais avec joie de l'air marin et de la fumée de la tourbe que Mary avait mise à brûler.

Une heure s'était peut-être écoulée lorsque mon oncle qui, pendant tout ce temps, n'avait cessé de scruter d'un œil furtif la surface de la petite baie, se dressa sur ses pieds et m'ordonna de suivre son exemple. Je dois préciser ici que la violence de la marée à l'extrémité sud-ouest d'Aros exerce une influence perturbatrice tout autour de la côte. Au sud, dans la baie de Sandag, un puissant courant surgit à certaines périodes du flux aussi bien que du reflux ; mais au nord, dans ce que l'on appelle la baie d'Aros (c'est elle, située tout près de la maison, que contemplait mon oncle en cet instant), les signes d'agitation ne se manifestent qu'à la fin du reflux, et, même à ce moment de la marée, sont trop ténus pour retenir l'attention. Dès que la mer est un tant soit peu houleuse, on ne voit plus rien ; mais lorsqu'elle est calme, ce qui se produit souvent, on voit apparaître certaines marques étranges et indéchiffrables (des runes marines, pourrions-nous dire) sur la surface cristalline de la baie. Ce phénomène est courant à mille endroits de la côte ; et bien des jeunes garçons doivent s'être divertis, comme moi, à tenter d'y lire quelque allusion à eux-mêmes ou à ceux qu'ils aimaient. C'est sur ces marques que mon oncle attirait maintenant mon attention, quoiqu'il dût pour cela combattre d'évidentes réticences.

« Tu vois cette égratignure sur l'eau ? demanda-t-il ; là-bas, à l'ouest du rocher gris ? Oui ? Eh bien, tu ne trouves pas qu'on dirait une lettre ?

— Si, sans l'ombre d'un doute, répondis-je. Je l'ai souvent remarqué. On dirait un C. »

Il poussa un grand soupir, comme si ma réponse lui avait causé une profonde déception, puis ajouta dans un souffle :

« Oui, C comme *Christ-Anna*.

— Autrefois, monsieur, je me disais que c'était mon initiale, dis-je ; car je m'appelle Charles.

— Ainsi, tu l'avais déjà vue ? poursuivit-il sans prêter attention à ma remarque. Mais alors voilà qui est très étrange. Peut-être était-elle là à les attendre, comme qui dirait, depuis le commencement des temps. Aussi, mon garçon, voilà qui est terrible. » Puis il s'interrompit, et me demanda : « Tu n'en verrais pas d'autre, par hasard ?

— Si, dis-je. J'en vois une autre, très nettement dessinée, du côté du Ross, là où descend la route : un M.

— Un M », répéta-t-il très bas ; puis, après s'être à nouveau interrompu : « Et quelle conclusion en tires-tu ? demanda-t-il encore.

— J'avais toujours pensé, monsieur, que cela voulait dire Mary », répondis-je ; je rougis quelque peu, convaincu pour ma part d'être au seuil d'une explication décisive.

Mais nous étions chacun occupé à suivre nos propres pensées, à l'exclusion de celles de l'autre. Une fois de plus, mon oncle ne prêta aucune attention à mes paroles : il se contenta de baisser la tête et de garder le silence ; et j'aurais pu être amené à me dire qu'il ne m'avait pas entendu, si les paroles qu'il prononça ensuite n'avaient, d'une certaine manière, fait écho aux miennes.

« À ta place, je ne répéterais pas un mot de toutes ces histoires à Mary », remarqua-t-il, et il se mit à aller de l'avant.

Le long des berges de la baie d'Aros court une bande de gazon où la marche est facile ; je m'y engageai en silence à la suite de mon oncle, silencieux lui aussi. J'étais peut-être un peu déçu d'avoir perdu une aussi bonne occasion de déclarer mon amour ; mais je ressentais en même temps une inquiétude bien plus profonde, due aux changements qui s'étaient produits chez mon parent. Jamais il n'avait été un homme ordinaire, jamais il n'avait été, à strictement parler, un homme aimable ; mais jamais, même à ses pires moments, je n'avais par le passé vu quoi que ce soit chez lui qui eût pu me préparer à une transformation aussi étrange. Il était impossible de ne pas se rendre compte que quelque chose le travaillait, comme on dit ; et tandis que je parcourais mentalement la liste de tous les mots différents que peut représenter la lettre M (tels que « malheur », « miséricorde », « mariage » ou « magot »), je sentis, avec une sorte de sursaut, mon attention se fixer sur le mot « meurtre ». J'en étais encore à considérer la sonorité laide et la signification fatale de ce mot, lorsque l'itinéraire de notre promenade nous conduisit en un point d'où la vue embrassait à la fois, derrière nous, la baie d'Aros et la maison familiale, et, devant nous, l'océan, qui, au nord, était parsemé d'îles, et, vers le sud, était bleu et dégagé jusqu'à l'horizon. Arrivé là, mon guide fit une halte, et contempla quelque temps cette vaste étendue ; puis il se tourna vers moi et posa une main sur mon bras.

« Tu crois donc qu'il n'y a rien là-bas ? » dit-il, pointant sa pipe vers l'océan ; puis il s'écria d'une voix forte, avec une sorte d'exultation : « Écoute-moi bien, mon garçon ! Là-bas, il y a les morts ! Ils grouillent comme des rats ! »

Il se tourna aussitôt, et, sans plus prononcer un seul mot, nous revînmes sur nos pas jusqu'à la maison d'Aros.

J'avais hâte de me retrouver tête à tête avec Mary ; mais ce n'est qu'après le dîner que je pus échanger quelques mots avec elle, et encore ne disposai-je alors que d'un bref moment. Je ne perdis pas de temps et, sans détour, lui déclarai tout net ce que j'avais sur le cœur.

« Mary, dis-je, ce n'est pas sans quelque espoir que je suis venu à Aros. Si cet espoir se révèle fondé, nous pourrons tous partir et aller vivre ailleurs ; notre subsistance et notre confort seront assurés. Peut-être même serons-nous assurés de bien plus encore, quoique je ne puisse le promettre sans paraître extravagant. Mais j'ai une autre raison d'espérer, qui me tient plus à cœur que l'argent. » Et je m'interrompis un moment après avoir prononcé ces mots.

« Tu devineras sans peine de quoi il s'agit, Mary », dis-je. Elle détourna les yeux en silence ; ce geste n'était guère encourageant, mais je refusai de me laisser troubler.

« Toute ma vie, je t'ai admirée par-dessus tout, poursuivis-je ; à mesure que le temps passe, je ne fais que penser davantage à toi ; quant à vivre heureux ou content sans toi, je ne saurais l'imaginer : tu es la prunelle de mes yeux. »

Son regard m'évitait toujours, et elle n'avait pas prononcé un mot ; mais je crus voir ses mains trembler.

« Mary, m'écriai-je apeuré, n'as-tu pas d'affection pour moi ?

— Oh, Charlie, mon ami, dit-elle, est-ce le moment de parler de cela ? Laisse-moi tranquille quelque temps ; laisse-moi telle que je suis ; ce n'est pas à toi qu'il en coûtera d'attendre ! »

Je devinai à sa voix qu'elle était au bord des larmes, et dès lors ne pensai plus qu'à la rasséréner.

« Mary Ellen, répliquai-je, n'en dis pas plus ; je ne suis pas venu pour t'importuner ; vis comme tu le souhaites, et décide du moment à ta guise : ton choix sera le mien ; et tu m'as dit tout ce que je désirais entendre. Laisse-moi seulement te poser une seule question, la dernière : pourquoi es-tu malheureuse ? »

Elle reconnut que c'était à cause de son père, mais refusa d'entrer dans les détails : elle se contenta de hocher la tête, et dit qu'il n'était pas en bonne santé et n'était pas lui-même, et que c'était bien dommage. Elle ne savait rien de l'épave.

« Je ne m'en suis pas approchée, dit-elle. Pourquoi m'en serais-je approchée, Charlie, mon ami ? Il y a longtemps que ces pauvres âmes s'en sont allées rendre compte à Dieu de leurs actes ; et je n'aurais souhaité qu'une chose : qu'elles emportent leur bric-à-brac avec elles… Pauvres âmes ! »

Il n'y avait là guère de quoi m'encourager à lui parler de l'*Espirito Santo* ; je le fis pourtant, et dès les premiers mots, elle laissa échapper une exclamation de surprise.

« Il y avait un homme à Grisapol, dit-elle, au mois de mai… C'était, m'a-t-on dit, un petit homme jaune, vêtu de noir, qui avait une barbe et des bagues dorées aux doigts ; il allait en tous sens et interrogeait les gens sur ce même bateau. »

C'est vers la fin d'avril que le docteur Robertson m'avait donné les fameux papiers à classer : et il me revint tout à coup que ce travail de préparation était réalisé pour le compte d'un historien espagnol, ou d'un homme qui se prétendait tel, et qui, chargé d'enquêter sur la dispersion de la grande Armada, s'était présenté devant le Principal, muni de hautes recommandations. Je tirai de ce rapprochement la conclusion qui s'imposait, et me dis que ce visiteur « qui avait des bagues dorées aux doigts » n'était autre, peut-être, que l'historien madrilène dont m'avait parlé le docteur Robertson. Si tel était le cas, je l'imaginais plutôt à la recherche d'un trésor pour son propre compte qu'en quête de renseignements pour celui d'une société savante. Je résolus de mener à bien mon entreprise sans perdre de temps ; de sorte que si l'épave reposait au fond de la baie de Sandag, comme nous le supposions peut-être l'un et l'autre, le profit n'en revînt pas à cet aventurier chargé de bagues, mais à Mary et à moi-même, et à la bonne, vieille, honnête et chaleureuse famille Darnaway.

CHAPITRE III

Terre et mer
dans la baie de Sandag

Le jour suivant, je me levai de bon matin ; et dès que j'eus pris une rapide collation, j'entrepris une tournée d'exploration. Au fond de mon cœur, j'avais le pressentiment très net que j'allais retrouver le navire de l'Armada ; et sans céder tout à fait à ces visions d'espoir, j'avais malgré tout le cœur très léger, et j'étais transporté de joie. Aros est un îlot très accidenté, dont la surface est parsemée de grands rochers et hérissée de fougères et de bruyère ; ce matin-là, ma route me conduisait presque en ligne droite, du nord au sud, par-dessus le plus élevé de ces monticules ; et quoique la distance fût au total inférieure à deux miles, il fallait, pour la parcourir, plus de temps et d'effort que pour en faire quatre en terrain égal. Arrivé au sommet, je m'arrêtai un instant. Quoiqu'il ne soit pas très élevé (je ne crois pas qu'il atteigne trois cents pieds), il n'en domine pas moins, aux environs, toutes les plaines du Ross, et offre une vue splendide de la mer et des îles. Le soleil, qui était levé depuis quelque temps, réchauffait déjà ma nuque ; l'air était à la fois languide et orageux, quoique d'une clarté parfaite ; au loin, vers le nord-ouest, au plus épais de la troupe que forment les îles rassemblées, une demi-douzaine de petits nuages aux contours inégaux flottaient en colonie dans le ciel ; et le sommet de Ben Kyaw était revêtu, non de simples guirlandes isolées, mais d'une épaisse capuche de nuages. Le temps avait quelque chose de menaçant. La mer, il est vrai, était lisse comme le verre : le raz lui-même ne dessinait qu'une ride à la surface de ce large miroir, et les Merry Men n'y traçaient que des capuchons d'écume ; mais mes yeux et mes oreilles, auxquels ces lieux étaient depuis longtemps familiers, trouvaient aussi que la mer dormait d'un sommeil inquiet ; un son s'en échappait, pareil à un long soupir, et montait jusqu'à l'endroit où je me tenais ; et, tout tranquille qu'il fût, le raz lui-même paraissait ruminer quelque mauvais tour. Je dois en effet préciser que nous autres, habitants de ces contrées, accordions tous, sinon le don de prescience, du moins la faculté d'avertir d'un danger imminent, à cette étrange et dangereuse créature des marées.

Je n'en poursuivis donc ma route qu'avec plus de hâte, et eus vite fait de descendre du sommet d'Aros jusqu'à l'endroit que nous appelons la baie de Sandag. Cette étendue d'eau est de fort belle taille, comparée à l'île ; bien abritée, elle est soustraite à l'action des vents, hormis le vent dominant ; sablonneuse, peu profonde et entourée de basses dunes du côté de l'ouest, elle atteint en revanche une profondeur de plusieurs brasses dans sa partie est, où elle est bordée par une rangée de récifs rocailleux. C'est de ce côté-là qu'à un certain moment, lorsque la marée monte, le courant qu'avait mentionné mon oncle s'engouffre avec tant de force dans la baie ; un peu plus tard, lorsque le raz commence, dans son agitation, à s'élever davantage, un second courant, sous-marin cette fois, se précipite plus violemment encore dans la direction opposée ; et c'est l'action de ce dernier qui, je le suppose, a si profondément creusé cette partie de la baie. On ne voit rien depuis la baie de Sandag, hormis un petit segment d'horizon et, par gros temps, les brisants qui s'envolent très haut dans les airs par-dessus un récif englouti au fond des eaux.

Pendant ma descente, parvenu à mi-hauteur, j'avais aperçu l'épave du navire qui s'était échoué en février dernier : un brick au tonnage considérable, qui reposait à sec, brisé en deux, à l'extrémité est des dunes ; je me dirigeais tout droit dans sa direction, et étais déjà sur le point d'atteindre la limite du terrain gazonné, lorsque mes yeux furent soudain attirés par un point du rivage où fougères et bruyère avaient été arrachées : il était marqué par l'un de ces tertres, bas, allongés et d'aspect presque humain, que nous voyons si souvent dans les cimetières. Je m'immobilisai comme atteint par un coup de feu. Personne ne m'avait laissé entendre qu'un homme était mort ou avait été enterré sur l'île ; Rorie, Mary et mon oncle avaient tous gardé le silence ; ma cousine, au moins, ne pouvait rien savoir, j'en avais la certitude ; et pourtant, j'avais là, sous les yeux, la preuve indubitable que cela s'était produit. Il y avait une tombe ; et je ne pouvais que me demander, avec un frisson, quelle sorte d'homme reposait là dans son dernier sommeil et attendait le signal du Seigneur dans cette sépulture solitaire et battue par les flots. Certes, mon esprit me suggérait des réponses, mais je redoutais d'avoir à les examiner. Une chose, au moins, était sûre : l'homme avait été victime d'un naufrage ; peut-être venait-il, comme les marins de la vieille Armada, d'un pays riche et lointain, situé par-delà les mers ; ou peut-être était-il de ma propre race, et avait-il péri en vue de la fumée de son foyer. Je me tins un moment à ses côtés, la tête découverte, et j'aurais presque souhaité que notre religion m'eût permis d'adresser au Ciel une prière pour cet étranger infortuné, ou, selon la vénérable coutume des Anciens, d'honorer la mémoire du malheureux par quelque geste extérieur. Je savais que, même si ses ossements allaient reposer là, et faire partie d'Aros, jusqu'à ce que sonne la trompette du Jugement, son âme impérissable s'en était allée et était bien loin de moi, parmi les félicités d'un culte éternel, ou au milieu des tourments de l'enfer ; et pourtant mon esprit n'en était pas moins rempli d'appréhension : peut-être était-il là, tout près de moi, et s'attardait-il sur les lieux où s'était décidé son triste sort pour mieux monter la garde auprès de son sépulcre.

Quoi qu'il en soit, mon humeur s'était quelque peu assombrie lorsque je me détournai de la sépulture pour contempler le spectacle guère moins mélancolique qu'offrait l'épave. L'étrave se situait au-dessus de l'arc tracé par les eaux au plus fort de la marée ; le navire était brisé en deux un peu en arrière du mât de misaine… quoiqu'il n'y en eût pas, à proprement parler : les deux mâts s'étaient rompus par la base au moment du désastre ; et comme la plage s'inclinait de façon très vive et soudaine, et que la proue reposait plusieurs pieds plus bas que la poupe, la fracture béante s'ouvrait très largement, et le regard traversait de part en part la pauvre coque. Les lettres qui composaient le nom du navire étaient fort dégradées, et je ne parvins pas à distinguer clairement s'il s'appelait le *Christiania*[1], d'après la ville de Norvège, ou le *Christiana*, d'après l'excellente personne que Chrétien a pour épouse dans un vieux livre bien connu, *Le Voyage du pèlerin*[2]. À en juger par la manière dont il était construit, ce devait être un navire étranger, mais je n'étais pas certain de sa nationalité. Il avait été peint en vert, mais la couleur avait passé sous l'effet des intempéries, et la peinture s'écaillait par bandes entières. Les restes du grand mât reposaient le long de l'épave, à demi enterrés dans le sable. Oui, c'est un triste spectacle qu'elle offrait, et je ne pouvais regarder sans émotion les fragments de cordage qui y étaient encore attachés de-ci delà, et que jadis les marins, avec de grands cris, avaient si souvent manipulés ; ni la petite écoutille par laquelle ils étaient tantôt montés, tantôt descendus accomplir leur tâche ; ni le pauvre ange au nez brisé qui tenait lieu de figure de proue, et avait plongé dans tant de vagues déferlantes.

1. Ancien nom d'Oslo.
2. Œuvre du calviniste John Bunyan qui raconte le cheminement d'un pèlerin, Chrétien, jusqu'au salut.

Je ne sais si je le dus davantage au navire ou à la sépulture, mais tandis que je méditais là, appuyé d'une main sur les madriers malmenés par les éléments, je fus envahi par des scrupules mélancoliques. La solitude d'hommes, ou même de vaisseaux inanimés, rejetés par la mer sur des rivages étrangers produisit une vive impression sur moi. Tirer profit de si pitoyables mésaventures me parut un acte sordide et lâche ; et je commençai à me dire que la quête dans laquelle je m'étais engagé était sacrilège de par sa nature même. Mais lorsque je me souvins de Mary, je repris courage. Mon oncle ne consentirait jamais à un mariage imprudent et, quant à elle, j'en étais persuadé, elle ne se marierait jamais sans son entière approbation. Il m'appartenait donc d'agir dans l'intérêt de mon épouse ; et je songeai, dans un éclat de rire, à tout le temps écoulé depuis que cette grande forteresse flottante, l'*Espirito Santo*, avait laissé ses ossements dans la baie de Sandag : ce serait faiblesse, me dis-je, que de respecter des droits éteints depuis si longtemps et des malheurs que le cours du temps avait de si longue date consignés à l'oubli.

J'avais une idée de l'endroit où rechercher ses restes. La configuration du courant et les relevés de sondages m'orientaient vers le côté est de la baie, au pied de la rangée de récifs rocailleux. Si le navire avait fait naufrage dans la baie de Sandag, et si, après les siècles écoulés, le moindre fragment d'épave subsistait encore, c'est là que je le trouverais. La profondeur de l'eau, comme je l'ai dit, augmente avec une grande rapidité, et, mesurée à faible distance des récifs, elle peut déjà atteindre plusieurs brasses. Tandis que je parcourais le bord, j'apercevais sans peine, dans toutes les directions, le fond sablonneux de la baie ; le soleil, dont rien ne troublait la clarté, emplissait les profondeurs d'une lumière verte ; la baie ressemblait fort à un grand cristal transparent, comme on en voit dans les boutiques de lapidaires ; rien ne révélait qu'il s'agissait d'eau, hormis un tremblement interne, les reflets éclatants du soleil et le lacis d'ombres en suspension dans les profondeurs, et, de temps à autre, un léger clapotis ou une bulle qui venait mourir sur le rivage. L'ombre des récifs s'étendait à leur pied sur une assez grande distance, de sorte que la mienne, qui la surplombait et que je voyais au loin se mouvoir, s'immobiliser ou s'incliner, atteignait parfois jusqu'au milieu de la baie. C'est avant tout dans cette zone ombragée que je recherchais l'*Espirito Santo* ; car c'est là que le courant sous-marin était le plus fort, soit qu'il s'engouffrât dans la baie, soit qu'il allât vers le large. Si l'eau, de toutes parts, paraissait fraîche par cette journée de canicule, elle semblait plus fraîche encore à cet endroit, et exerçait sur le regard une séduction mystérieuse. Toutefois, j'avais beau en scruter les profondeurs, je n'apercevais que quelques poissons ou des touffes d'algues emmêlées, et, çà et là, une pierre qui, tombée du haut des rochers, reposait désormais, isolée, sur le fond sablonneux. À deux reprises, je parcourus les récifs d'une extrémité à l'autre ; sur toute la distance, je ne vis pas la moindre trace de l'épave, et ne repérai qu'un seul point où il était possible qu'elle se trouvât. Il s'agissait d'une vaste plate-forme qui, par cinq brasses de fond, s'élevait à une hauteur considérable au-dessus de la surface sablonneuse, et ressemblait, vue d'en haut, à une simple excroissance des rochers sur lesquels je me tenais. La masse compacte d'algues entremêlées qui, pareille à une forêt, la recouvrait tout entière m'interdisait d'en déterminer la nature, mais, par sa forme et sa taille, elle ressemblait assez à la coque d'un vaisseau. Tout au moins avais-je là ma meilleure chance de succès. Si l'*Espirito Santo* ne reposait pas là, sous les algues, il n'était nulle part dans la baie de Sandag ; aussi m'apprêtai-je à trancher la question une fois pour toutes, et à ne regagner Aros que lorsque je serais un homme riche, ou que j'aurais été à jamais guéri de mes rêves d'opulence.

Je me déshabillai entièrement, et, les mains jointes, m'immobilisai, irrésolu, à l'extrême bord du récif. À ce moment-là, le silence le plus complet régnait sur la baie ; le seul bruit provenait d'une troupe de marsouins qui, invisible, évoluait quelque part de l'autre côté de la pointe ; cependant, une certaine crainte me retint au seuil de mon entreprise. De tristes impressions suggérées par la mer, des bribes de superstition colportées par mon oncle, le souvenir des morts, de la tombe, des vieux navires brisés, tout cela me traversa l'esprit. Mais le soleil ardent qui frappait mes épaules réchauffa aussi mon cœur, et je me penchai en avant, puis plongeai dans la mer.

Je parvins non sans peine à attraper quelques-unes des longues algues emmêlées qui poussaient, compactes, sur la plate-forme ; mais une fois que j'eus trouvé ce point d'ancrage, je m'arrimai solidement : je saisis à bras-le-corps une pleine touffe de ces algues aux tiges épaisses et visqueuses, et, les pieds plantés sur le bord, je regardai autour de moi. De tous côtés, j'aperçus une étendue ininterrompue de sable clair ; elle atteignait la base des rochers, rendue pareille à une allée de jardin par l'action abrasive de la marée ; et devant moi, aussi loin que portaient mes regards, rien n'était visible, hormis cette même étendue sablonneuse dont les multiples ondulations recouvraient le fond de la baie, illuminé par le soleil. Pourtant, la plate-forme à laquelle je m'étais agrippé était recouverte d'algues aussi denses et solides qu'une touffe de bruyère, et la falaise sur laquelle elle faisait saillie était tapissée, sous le niveau de l'eau, de lianes brunes qui pendaient pareilles à une draperie. Parmi ces formes complexes qui se balançaient ensemble sous l'effet du courant, il était difficile de distinguer quoi que ce soit ; et je ne savais toujours pas si mes pieds pressaient la roche nue ou la membrure du navire chargé des trésors de l'Armada, lorsque la touffe d'algues me céda tout entière dans les mains : en un instant je fus à la surface, et le rivage de la baie et l'eau aux reflets éclatants se mirent à tournoyer devant mes yeux, en un splendide tourbillon écarlate.

Je me hissai à nouveau sur les rochers et jetai à mes pieds la touffe d'algues. Au même instant, quelque chose émit un bruit perçant et métallique, comme la chute d'une pièce de monnaie. Je me penchai et, de fait, il y avait là une boucle de chaussure en fer, que la rouille avait recouverte d'une croûte rougeâtre. À la vue de cette pauvre relique humaine, une vive émotion fit tressaillir mon cœur ; ce n'était pourtant ni l'espoir ni la crainte, mais une mélancolie désespérée. Je ramassai la boucle de

chaussure, et l'image de son propriétaire apparut devant moi, aussi présente qu'un individu
bien réel. Son visage hâlé, ses mains de marin,
sa voix de vieux loup de mer enroué d'avoir
chanté en manœuvrant le cabestan, le pied
même qui avait jadis porté cette boucle de
chaussure et avait si souvent parcouru les ponts
agités au gré des flots, en un mot la réalité tan-
gible de cet être humain, de cette créature semblable à moi, qui avait des cheveux sur la tête,
du sang dans les veines et des yeux capables de
vision, vint me hanter en ce lieu ensoleillé et
solitaire, non pas à la manière d'un spectre,
mais à celle d'un ami à qui j'avais infligé de
grossiers outrages. Le grand navire se trouvait-il
donc là, à mes pieds, avec ses canons, ses chaî-
nes et son trésor, comme lorsqu'il avait quitté
l'Espagne ; ses ponts devenus un jardin où
croissaient les algues, sa cabine un refuge où
frayaient les poissons, où le seul bruit était celui
de l'eau qui chasse la vase, et le seul mouvement celui des algues emmêlées qui ondulent
sur ses remparts ? Cette vieille forteresse qui jadis, populeuse, sillonnait les mers, n'était-elle
plus aujourd'hui qu'un récif dans la baie de
Sandag ? Ou bien, ce qui me paraissait plus
probable, ce débris provenait-il du naufrage du
brick étranger ; cette boucle de chaussure avait-
elle été achetée il y a quelques jours à peine et

portée par un homme qui avait vécu à la même époque que moi de l'histoire du monde, entendu, jour après jour, les mêmes nouvelles que moi, eu les mêmes pensées, et, peut-être, prié dans le même temple ? Quoi qu'il en soit, je fus assailli par de terribles pensées : le mot de mon oncle, « là-bas, il y a les morts », me revint aux oreilles ; et si je décidai de plonger à nouveau, c'est avec une vive répugnance que je m'avançai jusqu'à l'extrême bord des rochers.

À ce moment-là, un changement considérable modifia l'apparence de la baie. Elle n'était plus cette étendue d'eau transparente dont l'intérieur était visible comme celui d'une maison dotée d'un toit de verre, et où les rayons du soleil, verts comme les profondeurs marines, dormaient d'un sommeil si tranquille. Une brise, sans aucun doute, avait voilé la surface, et une sorte de trouble et de noirceur remplissait le sein de la baie, où des éclairs lumineux et des nuages obscurs se mêlaient dans une agitation confuse. À mes pieds, la plate-forme elle-même oscillait et vibrait obscurément. M'aventurer dans ces lieux pleins d'embûches me parut une entreprise plus sérieuse ; et c'est l'âme tremblante que je plongeai à nouveau dans la mer.

Je m'arrimai de la même manière que la première fois, et fouillai à tâtons parmi les algues ondulantes. Tout ce que je touchais était froid,

mou et gluant. Le buisson était infesté de crabes et de homards qui s'agitaient en tous sens
de leur démarche lourde et bancale, et je dus
m'endurcir le cœur à l'idée horrible des charo-
gnes qui se trouvaient dans leur voisinage. De
tous côtés, je sentais le grain et les fissures de la
pierre vive et dure ; mais ni planche, ni mor-
ceau de fer, ni la moindre trace d'une épave ;
ce n'était pas là l'*Espirito Santo*. Je me souviens
que je n'étais pas loin, tout déçu que j'étais, de
ressentir du soulagement, et que j'étais presque
disposé à lâcher prise, lorsque quelque chose se
produisit qui, le cœur battant, me fit regagner
la surface. J'avais déjà consacré à mes explora-
tions un temps considérable, et il se faisait
tard ; le courant devenait plus vif à mesure que
la marée s'inversait, et un nageur isolé n'était
plus en sécurité dans la baie de Sandag. Voilà
donc qu'au tout dernier moment, sous l'effet
du courant, se produisit une commotion soudaine qui, comme une vague, remua les algues
jusqu'au tréfonds. D'une main, je lâchai prise,
je me trouvai projeté sur le flanc de tout mon
long, et, comme je cherchais, par instinct, un
nouvel objet à quoi m'agripper, mes doigts se
refermèrent sur quelque chose de dur et de
froid. Je crois que je devinai sur le moment ce
dont il s'agissait. Tout au moins, je lâchai aussitôt les algues, je bondis vers la surface, et, en

un instant, je me hissai sur les rochers accueillants avec, à la main, un tibia humain.

L'homme est une créature matérielle, son esprit est lent, et son cerveau borné a peine à percevoir ce qui relie une chose à l'autre. Certes, la tombe, l'épave du brick et la boucle de chaussure rouillée étaient autant d'avertissements clairs. Un enfant aurait été capable de déchiffrer le terrible récit qui y était inscrit, et pourtant ce n'est que lorsque je touchai pour de bon ce fragment de cadavre humain que mon esprit se rendit à l'évidence et saisit toute l'horreur du véritable charnier qu'est l'océan. Je déposai le tibia à côté de la boucle de chaussure, ramassai mes vêtements, et courus comme j'étais le long du récif jusqu'au rivage où vivaient des humains. Je ne pouvais m'éloigner assez de cet endroit ; les plus grandes richesses n'étaient pas assez tentantes pour me pousser à rebrousser chemin. Dorénavant, je n'irais plus déranger les ossements des noyés, qu'ils roulent sur des algues ou sur des pièces d'or. Mais aussitôt que mes pieds foulèrent à nouveau la terre ferme et que j'eus couvert ma nudité contre les assauts du soleil, je m'agenouillai contre les ruines du brick et prononçai du fond du cœur une longue prière passionnée pour toutes les pauvres âmes qui errent sur les mers. Une prière généreuse n'est jamais offerte en vain ;

la supplique n'est pas toujours exaucée, mais je crois que le suppliant reçoit toujours en récompense un signe de la grâce divine. Mon esprit, du moins, fut soulagé de l'horrible fardeau qui l'oppressait ; je fus capable, l'âme en paix, de contempler le vaste océan, cette resplendissante créature de Dieu ; et lorsque je repris le chemin du logis, et escaladai le rude flanc d'Aros, rien ne subsistait de mon inquiétude, hormis la profonde détermination de ne plus toucher aux épaves des vaisseaux ou aux trésors des défunts.

Je m'étais déjà bien rapproché du sommet de la colline lorsque je m'arrêtai un instant pour reprendre mon souffle et regarder en arrière. Le spectacle que je découvris était doublement étrange.

En effet, et ce fut mon premier sujet d'étonnement, la tempête que j'avais prévue progressait désormais avec une rapidité presque digne des tropiques. La surface de la mer avait partout perdu son éclat singulier, et pris une teinte laide, telle une nappe de plomb toute ridée ; déjà, dans le lointain, les vagues blanches, les « filles du capitaine », s'étaient mises à fuir devant une brise que l'on ne sentait pas encore à Aros ; et déjà s'était levé dans la baie de Sandag un courant marin qui, suivant la courbe du rivage, faisait entendre un clapotis si fort qu'il parvenait jusqu'à moi. L'aspect du ciel avait subi une transformation plus extraordinaire encore. Du côté du sud-ouest avait commencé de poindre une masse énorme et compacte de nuages grimaçants ; çà et là, à travers les crevasses qui en zébraient la texture, le soleil déversait toujours une gerbe de rayons éparpillés ; çà et là, sa bordure laissait échapper de toutes parts de vastes guirlandes d'un noir d'encre qui s'étalaient à la lisière de la zone que les nuages n'avaient pas encore envahie. Le danger était clair et imminent. Sous mes yeux, le soleil disparut à la vue. D'un moment à l'autre, la tempête pouvait s'abattre sur Aros de toute sa puissance.

Ce brusque changement de temps riva si bien mes regards sur les cieux qu'il leur fallut plusieurs secondes avant de retrouver la baie dont les contours, dessinés comme sur une carte, s'étalaient sous mes pieds, et à laquelle, un instant plus tard, fut dérobée la lumière du soleil. En contrebas de la butte que je venais d'escalader, apparaissaient plusieurs tertres qui, moins élevés qu'elle et disposés en amphithéâtre, descendaient en pente vers la mer ; puis, au-delà d'eux, la grève, tel un arc de cercle jaune, et toute l'étendue de la baie de Sandag. Ce paysage, je l'avais souvent contemplé du haut des collines, mais, jusqu'alors, je n'y avais jamais vu de silhouette humaine. Je venais à peine de lui tourner le dos après l'avoir trouvé désert, et l'on imaginera sans difficulté quelle fut ma surprise lorsque j'aperçus une barque et plusieurs hommes dans ce lieu isolé. La barque mouillait près des rochers. Deux individus, nu-tête, en bras de chemise, dont l'un était muni d'une gaffe, la maintenaient sur place non sans peine, car le courant se faisait à chaque instant plus vif. À quelque distance de là, sur les récifs, deux hommes vêtus de noir, et qui me parurent d'un rang plus élevé, se consacraient ensemble, tête baissée, à une tâche dont, au début, je ne compris pas la nature ; mais, en une seconde, j'eus saisi de quoi il s'agissait : ils faisaient le point à l'aide du compas ; et, au même instant, je vis l'un d'entre eux dérouler une feuille de papier et y poser le doigt, comme pour identifier sur une carte le détail de la côte. Pendant ce temps, un troisième homme marchait de long en large, furetait parmi les rochers et se penchait sur le bord pour regarder dans l'eau. Tandis que je les observais, encore paralysé par la surprise, et l'esprit à peu près incapable de faire usage de ce que m'apprenaient mes yeux, ce troisième individu se pencha soudain et appela ses compagnons d'un cri si puissant qu'il parvint à mes oreilles sur le flanc de la colline. Les autres accoururent jusqu'à lui, dans une précipitation telle qu'ils laissèrent même tomber le compas, et je vis le tibia et la boucle de chaussure passer de main en main et causer les gesticulations les plus inhabituelles, où se lisaient la surprise et l'intérêt. Au même instant, j'entendis les marins crier dans la barque, et je les vis faire des gestes vers l'ouest, en direction des nuages qui, avec une rapidité sans cesse accrue, se déployaient dans le ciel et le recouvraient de leur masse ténébreuse. Les autres parurent se consulter ; mais le danger était trop pressant pour être bravé, et ils regagnèrent la barque à la hâte, emportèrent mes reliques avec eux, et, à force de rames, entreprirent au plus vite de quitter la baie.

Je ne me préoccupai pas plus de toute cette affaire, mais fis volte-face et courus vers la maison. Quelle que fût l'identité de ces hommes, il était juste que mon oncle fût aussitôt averti. À cette époque, il n'était pas encore tout à fait trop tard pour que les jacobites pussent tenter une descente ; et peut-être le prince Charlie[1], que je savais détesté de mon oncle, était-il l'un

1. Les jacobites essayèrent sans succès de reconquérir la Grande-Bretagne. La dernière de leurs tentatives eut lieu en 1745 lorsque, avec l'appui du roi de France Louis XIV, le prince Charles débarqua en Écosse. Vaincu, il dut reprendre le chemin de l'exil. Il aurait séjourné par deux fois sur le sol britannique. Les soupçons du narrateur ne sont donc pas sans fondement.

des trois individus de rang supérieur que j'avais aperçus sur le rocher. Pourtant, à mesure que, dans ma course, je bondissais de rocher en rocher, et tournais et retournais toute l'affaire dans mon esprit, cette théorie paraissait de moins en moins acceptable à ma raison. Le compas, la carte, l'intérêt suscité par la boucle de chaussure, et la conduite de celui des étrangers qui avait si souvent regardé dans l'eau à ses pieds, tout cela semblait indiquer une tout autre explication de leur présence sur cet îlot écarté et obscur de la mer occidentale. L'historien madrilène, les recherches lancées par le docteur Robertson, l'étranger barbu aux doigts couverts de bagues, les recherches infructueuses que j'avais moi-même effectuées, ce matin même, dans les eaux profondes de la baie de Sandag, tous ces faits défilèrent un par un dans ma mémoire et s'emboîtèrent comme autant de pièces d'un casse-tête, et j'acquis la conviction que ces inconnus devaient être des Espagnols partis à la recherche de l'antique trésor et du navire perdu de l'Armada. Mais les habitants d'îles écartées, comme l'est Aros, sont responsables de leur propre sécurité ; il n'y a personne dans les parages pour les protéger ou même leur venir en aide ; et la présence en pareil lieu de tout un équipage d'aventuriers étrangers, pauvres, assoiffés de richesses et, selon toute vraisemblance, sans foi ni loi, m'inspirait les plus vives craintes pour l'argent de mon oncle, et même pour la sécurité de sa fille. J'en étais encore à me demander comment nous allions nous en débarrasser lorsque, tout essoufflé, j'atteignis le sommet d'Aros. L'univers entier était plongé dans l'ombre ; seul, à l'extrême est, sur le continent, un ultime rayon de soleil s'attardait sur une colline et brillait comme un joyau ; la pluie s'était mise à tomber, à grosses gouttes peu abondantes ; la mer se faisait à chaque instant plus agitée, et une bande blanche encerclait déjà Aros et, aux environs, les côtes de Grisapol. La barque se dirigeait toujours vers la haute mer, mais j'aperçus maintenant quelque chose qui m'était resté caché lorsque j'étais plus bas : une grande et belle goélette au solide gréement était mouillée à l'extrémité sud d'Aros. Comme je ne l'avais pas vue ce matin-là, lorsque, attentif au moindre changement de temps, j'avais scruté le paysage, et qu'il était rare d'apercevoir une voile sur ces eaux solitaires, il était clair que ce navire avait dû mouiller la nuit précédente derrière Eilean Gour, une île inhabitée ; et l'on pouvait aussitôt en conclure que son équipage ne connaissait pas nos côtes, car ce mouillage, qui, à première vue, paraît satisfaisant, n'est guère qu'un piège pour les

bateaux. La côte était sauvage, les marins igno-
rants, si bien que la tempête à chaque instant
plus proche apportait sans doute la mort sur
ses ailes.

CHAPITRE IV

La Tempête

Je trouvai mon oncle debout devant la maison ; une pipe entre les doigts, il observait l'évolution du temps.

« Mon oncle, lui dis-je, il y avait des hommes à terre dans la baie de Sandag... »

Je n'eus pas le temps de poursuivre ; bien plus, j'oubliai les mots que j'allais prononcer, et jusqu'à ma fatigue, tant l'effet produit chez mon oncle Gordon fut étrange. Il lâcha sa pipe et se laissa tomber en arrière contre le mur de la maison, la mâchoire pendante, les yeux écarquillés, son long visage aussi blanc que le papier. Il dut bien s'écouler quinze secondes, pendant lesquelles nous nous regardâmes en silence ; puis il me fit cette extraordinaire réponse : « Il portait un bonnet à longs poils ? »

Je savais maintenant, aussi bien que si j'avais été présent ce jour-là, que l'homme enterré dans la baie de Sandag avait porté un bonnet à longs poils, et qu'il était en vie lorsqu'il avait touché terre. Pour la première fois (et ce fut la seule), je perdis toute patience envers cet homme, mon bienfaiteur et le père de la femme que j'espérais épouser.

« Ces hommes-là étaient vivants, dis-je, peut-être étaient-ce des jacobites, peut-être des Français, peut-être des pirates, peut-être des aventuriers venus rechercher ici le navire espagnol et son trésor ; mais, quoi qu'il en soit, ils mettent en danger, au moins, votre fille et ma cousine. Pour ce qui est de la terreur que vous inspirent vos fautes, mon ami, le mort repose en paix là où vous l'avez enterré. Ce matin même, j'étais sur sa tombe ; il ne se réveillera pas avant la trompette du Jugement. »

Mon oncle me regarda parler sans cesser de cligner des yeux ; puis il fixa un moment son regard sur le sol, et fit craquer ses doigts d'un air niais ; mais il était, de toute évidence, trop ému pour pouvoir parler.

« Venez, lui dis-je. Vous avez le devoir de penser aux autres. Vous devez monter avec moi au sommet de la colline pour voir ce bateau. »

Il obéit sans m'adresser un mot ni un regard, et me suivit à pas lents tandis que, dans mon impatience, j'avançais à grandes enjambées. Son corps semblait avoir perdu toute élasticité ; il escaladait et descendait avec lourdeur le flanc des rochers, au lieu de bondir de l'un à l'autre, selon son habitude ; j'eus beau crier : il n'y avait pas moyen de l'inciter à se hâter davantage. Une fois, une seule, il me répondit d'un ton plaintif, tel un homme qui souffre dans sa chair : « Oui, oui, mon ami, j'arrive. » Bien avant d'avoir atteint le sommet, je n'avais plus pour lui que de la pitié. Si le crime avait été monstrueux, le châtiment l'était en proportion.

Enfin, nous dépassâmes la crête de la colline, et nous pûmes observer les environs. L'œil ne rencontrait que ténèbres et tempête ; les dernières lueurs du soleil s'étaient évanouies ; en un moment s'était levé un vent qui, quoique peu violent encore, soufflait par rafales et changeait sans cesse de direction ; cela dit, la pluie avait cessé. Quoiqu'il ne se fût écoulé qu'un temps très bref, la mer était déjà beaucoup plus grosse que lorsque je m'étais tenu pour la dernière fois en ce même lieu ; déjà, elle avait commencé de se briser sur quelques-uns des récifs qui bordent la baie du côté du large ; déjà, elle gémissait à voix haute dans les grottes marines d'Aros. Je cherchai des yeux la goélette, sans tout d'abord y parvenir.

« La voilà », dis-je enfin. Mais sa nouvelle position et la trajectoire qu'elle poursuivait maintenant me rendirent perplexe.

« Ils ne comptent quand même pas louvoyer jusqu'à la haute mer ! m'exclamai-je.

— Mais si, c'est bien cela qu'ils veulent », dit mon oncle, avec quelque chose qui ressemblait à de la joie ; et à cet instant précis, la goélette vira pour courir une nouvelle bordée, ce qui trancha la question une fois pour toutes. Ces étrangers, voyant qu'un grain s'approchait, avaient d'abord pensé à gagner le large, où l'espace ne leur manquerait pas. Avec le vent qui menaçait, dans ces eaux semées de récifs où la marée leur opposait un courant aussi violent, la trajectoire qu'ils avaient choisie les menait tout droit à la mort.

« Dieu tout-puissant ! dis-je, ils sont tous perdus.

— Oui, répliqua mon oncle, tous, tous perdus. Ils n'avaient qu'une chance, et c'était de gagner Kyle Dona au plus vite. Dans la direction où ils vont maintenant, ils ne pourraient pas s'en sortir, quand bien même le diable de toute sa force serait là pour les piloter. Hé, mon ami, poursuivit-il tandis qu'il m'effleurait la manche, voilà une belle nuit pour un naufrage ! Deux en l'espace d'un an ! Ah ! Qu'il fera bon voir danser les Merry Men ! »

Je le regardai, et c'est alors que je commençai à me dire qu'il n'avait plus toute sa tête. Dans ses yeux, qu'il avait levés vers moi comme pour implorer ma sympathie, se devinait une joie timide. Il avait déjà oublié tout ce qui s'était produit entre nous à force d'anticiper ce nouveau désastre.

« S'il n'était pas trop tard, m'écriai-je indigné, je prendrais la barque et j'irais les avertir.

— Non, non, protesta-t-il, tu ne dois pas t'en mêler ; tu ne dois pas te mêler de ce genre de chose. C'est Lui (il ôta son bonnet), c'est le Seigneur qui le veut. Hé, hé, mon ami ! mais c'est que c'est une bien belle nuit pour cela ! »

Quelque chose qui ressemblait à de la peur commença d'envahir mon âme ; et, après lui avoir rappelé que je n'avais pas déjeuné, je lui proposai de rentrer avec moi jusqu'à la maison. Mais non ; il n'y eut pas moyen de l'arracher à son poste d'observation.

« Il faut que je voie tout, Charlie, mon ami », expliqua-t-il ; puis, lorsque la goélette vira de bord une nouvelle fois, il s'écria : « Eh, mais c'est que leurs manœuvres font plaisir à voir ! Le *Christ-Anna* n'était rien, comparé à cela. »

Déjà, les hommes qui naviguaient sur la goélette avaient dû commencer à prendre conscience d'une partie des dangers qui environnaient le navire en perdition, quoiqu'ils n'en eussent pas encore saisi le vingtième. À chaque accalmie du vent capricieux, ils devaient voir à quelle vitesse le courant les ramenait dans la baie. Ils couraient des bordées de plus en plus courtes, car ils voyaient bien le peu de chemin parcouru. À chaque instant, la houle, de plus en plus forte, heurtait un nouveau récif englouti et, dans un mugissement, le recouvrait d'écume ; sans cesse un nouveau brisant s'abattait à grand bruit sur la proue même de la goélette, et le récif brun et les algues ruisselantes apparaissaient au creux de la vague. Croyez-moi, c'était pour eux un labeur de tous les instants que de manœuvrer ce navire ; Dieu sait si pas un homme à bord ne chômait. Ce spectacle si horrible pour tout homme doté de sentiments humains, mon oncle, dans son aveuglement, en observait l'évolution avec la curiosité et l'exultation d'un connaisseur. Lorsque je me détournai pour descendre la colline, il était allongé à plat ventre sur le sommet, et, les bras tendus en avant, agrippait la bruyère. Il paraissait rajeuni, de corps comme d'esprit.

De retour à la maison, et déjà sous l'emprise d'idées funèbres, je sentis ma tristesse et mon découragement s'accroître encore à la vue de Mary. Elle avait retroussé ses manches sur ses bras vigoureux, et, tranquille, préparait le pain. Je pris une miche dans le buffet et, une fois assis, commençai à la manger en silence.

« Tu es fatigué, mon ami ? » demanda ma cousine au bout d'un moment.

« Ce n'est pas tant la fatigue qui m'accable, Mary, répondis-je en me levant, que la lassitude que m'inspire ce délai, et peut-être aussi Aros. Tu me connais assez bien pour me juger en toute équité, quoi que je dise. Eh bien, Mary, sois sûre d'une chose : il n'y a pas pour toi de pire endroit qu'ici !

— Je suis sûre d'une chose, répliqua-t-elle : je resterai là où mon devoir m'appelle.

— Tu oublies que tu as des devoirs envers toi-même, dis-je.

— Oui, mon ami », répondit-elle tandis qu'elle battait la pâte à coups de poing ; « c'est dans la Bible que tu as trouvé cela, dis-moi ?

— Mary, dis-je d'un ton solennel, ce n'est pas le moment de te moquer de moi. Dieu sait si je n'ai pas le cœur à rire. Si nous pouvions emmener ton père avec nous, ce serait pour le mieux ; mais avec lui ou sans lui, je veux que tu t'en ailles loin d'ici, mon amie ; pour ton bien, et le mien, c'est vrai, et pour le bien de ton père, je veux que tu partes loin, très loin d'ici. Je ne pensais pas cela lorsque je suis arrivé ; je suis venu ici comme on rentre chez soi ; mais aujourd'hui tout a changé, et je n'ai qu'un désir, qu'un espoir, fuir — car c'est le mot —, fuir, comme l'oiseau s'échappe du piège de l'oiseleur, et quitter cette île maudite. »

Elle avait entre-temps interrompu son travail.

« Ainsi, tu t'imagines donc, dit-elle, tu t'imagines donc que je n'ai pas d'yeux et pas d'oreilles ? Tu crois que je n'ai pas senti mon cœur se briser à force de souhaiter que ces trésors (c'est ainsi qu'il les appelle, Dieu lui pardonne !) soient jetés à la mer ? Tu t'imagines que j'ai vécu avec lui jour après jour, et que je n'ai pas remarqué ce que tu as vu en une heure ou deux ? Non, dit-elle, je sais qu'il y a quelque chose de mal dans tout cela ; en quoi est-ce mal, je ne le sais pas et ne veux pas le savoir. Ce n'est pas en se mêlant des affaires des autres que l'on arrange ce qui ne va pas, que je sache. Mais, mon garçon, ne me demande jamais de quitter mon père. Tant qu'il n'aura pas rendu son dernier souffle, je serai auprès de lui. Et, de toute façon, il ne sera pas ici-bas très longtemps ; cela, je peux te l'assurer, Charlie : il ne sera pas ici-bas très longtemps. La marque est sur son front ; cela vaut mieux… cela vaut mieux, peut-être. »

Je gardai le silence quelque temps, faute de savoir quoi dire ; lorsque je levai enfin la tête pour parler, elle me prit de vitesse.

« Charlie, dit-elle, ce qui est juste pour moi ne l'est pas nécessairement pour toi. Le péché, le tourment accablent cette maison ; tu es un étranger ; rassemble tes affaires sur ton dos et va en des lieux meilleurs trouver meilleure compagnie, et si jamais l'envie te prenait de revenir, quand bien même vingt ans se seraient écoulés, je serais toujours là à t'attendre.

— Mary Ellen, dis-je, je t'ai demandé d'être ma femme, et tu m'as laissé entendre que tu étais d'accord. Voilà qui est décidé une fois pour toutes. Où que tu sois, je suis à tes côtés ; et j'en répondrai devant Dieu. »

Tandis que je prononçais ces mots, les vents, dans un violent accès de folie, se levèrent soudain, puis parurent se tenir immobiles, saisis d'un frisson, tout autour de la maison d'Aros. C'était la première bourrasque, ou le prologue de la tempête prochaine, et lorsque, surpris, nous regardâmes alentour, nous vîmes que l'obscurité régnait désormais autour de la maison comme à la tombée du jour.

« Dieu ait pitié de tous les pauvres gens qui sont en mer ! dit ma cousine. Nous ne verrons plus mon père avant la matinée de demain. »

Puis, tandis que nous écoutions, assis au coin du feu, les rafales de plus en plus violentes, elle me conta comment ce changement avait accablé mon oncle. Tout au long de l'hiver précédent, il s'était montré sombre et sujet à de brusques mouvements d'humeur. Chaque fois que le raz s'élevait sous l'effet du courant, ou, comme le disait Mary, que les Merry Men dansaient, il demeurait pendant des heures allongé sur le promontoire si c'était la nuit, ou, si c'était de jour, il restait sur le sommet d'Aros à contempler le tumulte de la mer et à parcourir tout l'horizon des yeux à la recherche d'une voile. Après le 10 février, lorsque l'épave qui avait apporté toutes ces richesses eut été rejetée par la mer sur le rivage de Sandag, il avait tout d'abord fait preuve d'une gaieté anormale, et sa surexcitation n'avait jamais diminué d'intensité, mais seulement de nature : elle s'était faite de plus en plus sinistre. Il négligeait son travail, et maintenait Rorie dans l'oisiveté. Ils passaient des heures à discuter tous les deux devant la maison sur le ton de la confidence, l'air mystérieux et presque coupable ; et si Mary interrogeait l'un ou l'autre, comme il lui était arrivé de le faire les premiers temps, ils paraissaient confus et éludaient ses questions. Depuis que Rorie avait remarqué le poisson qui escortait la barque, son maître n'avait qu'une seule fois gagné la terre ferme et pris pied sur le Ross. Ce jour-là (c'était au plus fort du printemps), il avait traversé le bras de mer à pied sec, à marée basse ; mais comme il s'était attardé trop longtemps de l'autre côté, il s'était vu coupé d'Aros par le retour des eaux. C'est avec un cri de terreur qu'il avait sauté par-dessus le chenal et, lorsqu'il avait par la suite regagné la maison, la panique le faisait trembler comme sous l'effet d'un accès de fièvre. La peur de la mer, l'idée de la mer, fixe et obsédante, transparaissaient dans ses propos et ses dévotions, et jusque dans l'expression de son visage lorsqu'il était silencieux.

Seul Rorie vint dîner ; mais un peu plus tard mon oncle apparut, prit une bouteille sous le bras, mit un peu de pain dans sa poche, et s'en alla regagner son poste d'observation, suivi cette fois de Rorie. Je l'entendis dire que la goélette perdait du terrain, mais que l'équipage luttait pied à pied avec l'ingéniosité et le courage du désespoir ; et cette nouvelle emplit mon esprit de ténèbres.

Peu après le coucher du soleil, la tempête éclata dans toute sa fureur, une tempête telle que je n'en avais jamais vu l'été, ni même l'hiver, tant elle s'était approchée avec rapidité. Mary et moi, nous restâmes assis en silence ; pendant ce temps, la maison tremblait au-dessus de nous, la tempête mugissait au-dehors, et les gouttes de pluie, entre nous deux, crépitaient dans l'âtre. Nos pensées étaient bien loin de là, auprès des pauvres hères qui manœuvraient la goélette, ou de mon oncle qui, sans abri, sur le promontoire, n'était pas moins malheureux qu'eux ; et pourtant la surprise nous contraignait sans cesse à nous ressaisir, lorsque le vent se levait et frappait le pignon comme un corps solide, ou s'apaisait soudain et se retirait, de sorte que, d'un bond, la flamme resurgissait dans la cheminée et le cœur nous tressaillait dans la poitrine. Tantôt la tourmente, de toute sa puissance, saisissait et secouait les quatre coins du toit, dans un rugissement de Léviathan irrité ; tantôt, pendant une accalmie, un froid tourbillon échappé de la tempête circulait tel un frisson à travers la pièce, faisait se dresser nos cheveux et passait entre nous. Puis, de nouveau, le vent laissait éclater, tel un chœur, mille sons mélancoliques, ululait tout bas dans la cheminée et, autour de la maison, gémissait d'une voix douce et flûtée.

Il était peut-être 8 heures lorsque Rorie entra et, d'un air mystérieux, m'attira jusqu'à la porte. Il s'avéra que mon oncle avait effrayé jusqu'à son fidèle camarade ; Rorie, mis mal à l'aise par ses extravagances, me supplia de sortir et de guetter avec lui. Je me hâtai de faire ce qui m'était demandé ; avec d'autant plus d'empressement que, sous l'effet de la crainte, de l'horreur et de la tension presque électrique qui régnaient cette nuit-là, j'étais moi-même agité et disposé à agir. Je dis à Mary de ne pas s'alarmer, car je serais une sauvegarde pour son père ; puis, après m'être chaudement enveloppé dans un plaid, je suivis Rorie et me retrouvai à l'air libre.

Quoique nous n'ayons que depuis peu dépassé le solstice d'été, la nuit était aussi sombre qu'en janvier. Un crépuscule incertain, visible par intervalles, alternait avec des moments d'obscurité complète ; mais il était impossible de découvrir la raison de ces changements dans l'horreur fuyante du ciel. Le vent était fort au point qu'il nous empêchait de respirer ; les cieux tout entiers paraissaient claquer comme une immense voile sous l'effet du tonnerre ; et lorsqu'une accalmie momentanée tombait sur Aros, nous entendions au loin les rafales de vent balayer l'espace dans un bruit lugubre. Sur toutes les plaines du Ross, le vent devait souffler avec la même férocité que sur la haute mer ; Dieu seul sait quel vacarme faisait rage autour du sommet de Ben Kyaw. Emportés par la tempête, des paquets d'embruns mêlés de pluie frappaient notre visage. Tout autour de l'île d'Aros, les vagues, dans un bruit de tonnerre, pilonnaient sans cesse les récifs et les plages. Tantôt plus forte ici, tantôt plus faible là, comme une musique d'orchestre aux multiples combinaisons, la masse sonore ne variait guère, ne fût-ce qu'un instant. Et plus fort que tout, par-dessus ce pandémonium, j'entendais les voix changeantes du raz et le rugissement intermittent des Merry Men. À ce moment, je saisis en un éclair pourquoi ce nom leur était donné. Le bruit qu'ils faisaient suggérait presque la joie, et dominait les autres bruits de la nuit ; ou, sinon la joie, du moins une jovialité de mauvais augure. Bien plus : ce bruit avait même une sonorité humaine. Tels des hommes sauvages qui, après avoir noyé leur raison dans l'alcool, renoncent à la parole et, dans leur folie, braillent ensemble des heures entières ; ainsi, à mon oreille, ces mortels brisants hurlaient dans la nuit tout près d'Aros.

Bras dessus, bras dessous, et titubant sous l'effet du vent, Rorie et moi conquîmes pas à pas chaque pied du parcours, au prix d'un effort de volonté. Nous glissions sur le gazon mouillé, nous tombions ensemble de tout notre long sur les rochers. Contusionnés, trempés, violentés, le souffle coupé, nous dûmes mettre presque une demi-heure à nous rendre de la maison au promontoire qui domine le raz. C'était là, semblait-il, l'observatoire favori de mon oncle. Au beau milieu du cap, là où la falaise est le plus haute et le plus escarpée, un mamelon de terre pareil à un parapet dessinait un abri où, protégé des vents ordinaires, un homme peut s'asseoir et, tranquille, contempler la marée et les rouleaux en délire qui s'affrontent à ses pieds. Comme il pourrait observer de la fenêtre d'une maison quelque incident qui se déroule dans la rue ; ainsi, de ce poste d'observation, il voit déferler les Merry Men. Par une nuit pareille, bien entendu, il a sous les yeux un monde de ténèbres, où les eaux tournoient et bouillonnent, où les vagues s'affrontent dans un bruit d'explosion, et où des colonnes d'écume s'élèvent puis s'évanouissent en un clin d'œil. Jusque-là, je n'avais jamais vu les Merry Men atteindre ce degré de violence. La furie avec laquelle les paquets d'eau s'en échappaient, la hauteur à laquelle ceux-ci parvenaient, leur fugacité, se laissaient contempler mais non décrire. De la falaise, je les voyais s'élever dans les ténèbres, comme des colonnes blanches, très haut par-dessus notre tête ; et au même instant, comme des fantômes, ils avaient disparu. Parfois, ils étaient trois à s'élever ainsi, puis à s'évanouir ensemble ; parfois une rafale de vent s'en emparait, et les embruns s'abattaient tout autour de nous, aussi lourds qu'une vague. Et pourtant, ce spectacle était moins impressionnant par sa brutalité qu'affolant par son inconstance. La pensée ne résistait pas aux assauts de cet étourdissant vacarme ; un vide, une allégresse s'emparaient des cerveaux, un état proche de la folie ; et je me surpris par moments à suivre la danse des Merry Men comme si cela avait été un air de gigue.

Nous étions encore à quelques pieds de mon oncle lorsque je l'aperçus, à la faveur de la lumière crépusculaire qui, par intervalles fugitifs, perçait cette nuit d'encre. Il était debout derrière le parapet, et, la tête rejetée en arrière, tenait la bouteille contre ses lèvres. Quand il la rabaissa, il nous vit et, d'une main, nous adressa par-dessus la tête un salut désinvolte et sarcastique.

« A-t-il bu ? criai-je à Rorie.

— Il est toujours soûl quand le vent souffle », me répondit Rorie sur le même ton, et c'est à peine si je l'entendis.

« Ainsi… il l'était aussi… en février ? » demandai-je.

Le « oui » de Rorie me remplit de joie. Le meurtre n'avait donc pas été calculé de sang-froid ; c'était un acte commis sous l'emprise de la folie, et il n'y avait pas plus à condamner qu'à pardonner. Soit, mon oncle était un fou dangereux, mais il n'était ni cruel ni bas, comme j'avais pu le craindre. Pourtant, quel cadre pour une beuverie ! et à quel incroyable vice le pauvre homme avait-il choisi de se livrer ! J'ai toujours considéré l'ivresse comme un plaisir sauvage et presque effrayant, plus digne d'un démon que d'un homme ; mais goûter l'ivresse en un lieu pareil, parmi les ténèbres et les rugissements du vent, au bord de la falaise qui domine cet enfer aquatique, sentir sa tête tourner comme le raz, son pied chanceler au bord du tombeau, et, l'oreille tendue, guetter les signes d'un naufrage, voilà bien une conduite qui, si tant est qu'elle fût crédible chez d'autres, relevait de l'impossibilité morale chez un homme tel que mon oncle, qui croyait fermement à la damnation éternelle et dont l'esprit était hanté par les plus noires superstitions. Pourtant, il en allait ainsi ; et lorsque, parvenus jusqu'à son refuge, dans le recoin de la falaise, nous pûmes de nouveau respirer, je vis l'œil de cet homme briller dans la nuit avec un éclat impie.

« Eh, Charlie, mon garçon, c'est grandiose ! s'écria-t-il. Regarde-les ! » poursuivit-il tandis qu'il m'attirait jusqu'au bord de l'abîme d'où s'élevaient cette assourdissante clameur et ces nuages d'embruns ; « regarde-les danser, mon garçon ! N'est-ce pas que c'est diabolique ? »

Il prononça ce mot avec volupté, et je trouvai qu'il convenait à la situation.

« C'est cette goélette qu'ils réclament de leurs cris », poursuivit-il d'une voix de dément qui, quoique grêle, se laissait distinguer sans peine à l'abri du monticule ; « et elle est à chaque instant plus proche, plus proche, plus proche encore et encore et encore ; et ils le savent, ces gens le savent, ils savent bien que c'en est fini pour eux. Charlie, mon garçon, ils sont tous soûls à bord de cette goélette, tous abrutis par la boisson. Ils étaient tous soûls à bord du *Christ-Anna*, dans les derniers instants. Personne ne pourrait se noyer en mer sans eau-de-vie. C'est ça, proteste ! Qu'est-ce que tu sais de ces choses ? » lança-t-il dans un soudain accès de colère. « Je te l'assure, ce n'est pas possible ; ils n'oseraient pas se noyer sans cela. Tiens », dit-il tandis qu'il me tendait la bouteille, « goûte-moi ça. »

J'étais sur le point de refuser, mais Rorie me toucha comme pour me mettre en garde ; et du reste, réflexion faite, j'étais déjà revenu sur mon premier mouvement. Donc, je saisis la bouteille et, non content de boire à mon tour sans me priver, je m'arrangeai par la même occasion pour en renverser encore davantage. C'était de l'alcool pur, et je manquai de m'étrangler en l'avalant. Mon oncle ne s'aperçut pas de la perte, mais, la tête à nouveau renversée en arrière, but ce qui restait jusqu'à la dernière goutte. Puis, avec un rire sonore, il lança la bouteille au milieu des Merry Men, qui poussèrent un cri et bondirent dans les airs comme pour la recevoir.

« Tenez, les enfants ! s'écria-t-il, voilà qui vous portera bonheur. Un plus beau cadeau vous attend avant l'aurore. »

Soudain, devant nous, quelque part dans la nuit noire, à moins de six cents pieds, nous en-

tendîmes, à un moment où le vent s'était tu, la
note claire d'une voix humaine. Aussitôt le
vent, dans un hurlement, s'abattit sur le promontoire, et le raz de mugir, de bouillonner,
de danser avec une fureur renouvelée. Mais
nous avions entendu ce bruit, et nous savions,
pour notre malheur, que c'était là le navire désormais en perdition, et que ce que nous avions
entendu n'était autre que la voix de son capitaine tandis qu'il donnait le dernier de ses or-
dres. Accroupis tous ensemble au bord de la
falaise, tous nos sens aiguisés à l'extrême, nous
attendîmes l'inévitable dénouement. Toutefois,
un long moment, qui nous parut une éternité,
s'écoula avant que la goélette ne nous apparût
soudain, et, un bref instant, ne se découpât sur
le pâle miroitement d'une colonne d'écume. Je
vois encore la grand-voile, sous tous ses ris, claquer au gré du vent tandis que le gui s'abattait
lourdement en travers du pont ; je vois encore
la forme noire de la coque, et crois encore distinguer la silhouette d'un homme qui, les bras
écartés, s'agrippait à la barre. Néanmoins, nous
n'eûmes pour l'apercevoir qu'un instant, qui
passa plus vite que l'éclair ; la vague même qui
nous avait dévoilé la goélette s'abattit et la re-
couvrit à jamais ; les cris mêlés poussés par bien
des voix sur le point de mourir s'élevèrent, puis
s'éteignirent dans le rugissement des Merry

Men. Et c'est ainsi que prit fin la tragédie. Ce solide navire avec tout son chargement, la cabine où la lampe brillait peut-être encore, tous ces hommes dont la vie, on peut le supposer, était précieuse à d'autres, et qui, à tout le moins, y tenaient eux-mêmes autant qu'à leur salut éternel, tout cela venait en un seul instant de sombrer dans les eaux houleuses. Tout s'était évanoui comme dans un rêve. Et le vent, à grands cris, continuait sa course à travers le ciel, et les eaux insensibles du raz poursuivaient leurs sauts et leurs cabrioles, tout comme auparavant.

Combien de temps sommes-nous restés allongés là tous les trois, incapables de prononcer un mot ou de faire le moindre geste ? C'est plus que je ne saurais dire, mais un bon moment dut s'écouler. À la longue, l'un après l'autre, de façon presque mécanique, nous revînmes à quatre pattes nous abriter derrière le monticule. Affalé contre le parapet, en proie à une douleur qui m'accablait tout entier, et l'esprit quelque peu égaré, j'entendis mon oncle se tenir à lui-même des propos incohérents ; son humeur s'était altérée et la mélancolie l'avait envahi. À présent, il ne cessait de se répéter, d'un ton pleurnichard : « Quel combat cela a été pour eux… Quel dur combat cela a été pour eux, les pauvres gars, les pauvres gars ! »

Après quoi il déplorait que « tout le charge-ment se soit perdu, ou quasiment », puisque le navire avait sombré parmi les Merry Men au lieu de s'échouer sur le rivage ; et sans cesse re-venait se mêler à ses divagations un nom, celui du *Christ-Anna*, qu'il ne prononçait qu'avec un frisson de terreur. Pendant ce temps, la tem-pête s'apaisait rapidement. En une demi-heure, le vent radouci ne fut plus qu'une simple brise ; une forte pluie, froide et lourde, accompagna ou causa ce changement. Je dus alors m'endor-mir, et lorsque je repris mes esprits, trempé, courbaturé, et aussi las qu'auparavant, le jour s'était déjà levé, un jour gris, pluvieux, inhospi-talier ; le vent soufflait par rafales faibles et irré-gulières, la marée était basse, le raz à son plus bas niveau, et seule la violence des vagues qui s'écrasaient sur les côtes d'Aros témoignait en-core des fureurs de la nuit.

CHAPITRE V

L'Homme qui venait de la mer

Rorie se mit en route vers la maison, en quête d'un peu de chaleur et de son petit déjeuner ; mais mon oncle était déterminé à examiner les rivages d'Aros, et il me parut de mon devoir de l'accompagner tout au long de son parcours. Il était désormais docile et tranquille, mais aussi chancelant et faible, de corps comme d'esprit ; et c'est avec l'impatience d'un enfant qu'il entreprit son exploration. Il descendait loin sur les rochers ; sur les plages, il courait après les brisants lorsqu'ils se retiraient vers la mer. La moindre planche rompue, le moindre vestige de cordage étaient à ses yeux un trésor qu'il lui fallait s'approprier au péril de sa vie. À le voir, d'un pas faible et hésitant, s'exposer à la poursuite des vagues déferlantes ou aux pièges et chausse-trapes de la roche couverte d'algues, j'étais plongé dans une terreur perpétuelle. Mon bras était prêt à le soutenir, ma main s'agrippait à ses basques, je l'aidais à mettre en lieu sûr ses pitoyables trouvailles menacées par le retour des vagues ; une bonne accompagnée d'un enfant de sept ans aurait vécu des moments comparables.

Cependant, s'il était affaibli par la réaction consécutive à l'accès de folie qui l'avait envahi la nuit précédente, les passions qui couvaient dans sa nature étaient celles d'un homme vigoureux. Il avait, pour l'instant, dominé sa terreur de la mer, mais elle n'avait pas diminué pour autant ; si la mer avait été un lac de flammes vives, il n'aurait pas fui son contact avec moins de panique ; et lorsque son pied glissa et qu'il plongea jusqu'à mi-jambe dans l'eau d'une mare, le cri qui s'échappa de son âme fut semblable au hurlement d'un mourant. Après cela, il s'assit et demeura immobile un moment, haletant comme un chien ; mais son désir de s'approprier les dépouilles de l'épave triompha de nouveau de ses craintes ; à nouveau il s'aventura, chancelant, parmi l'écume coagulée ; à nouveau il rampa sur les rochers parmi les bulles qui crevaient ; à nouveau, il parut désirer de tout son cœur des bouts de bois flotté qui n'étaient plus bons qu'à jeter au feu, si tant est qu'ils fussent encore bons à quelque chose. Quoiqu'il fût satisfait de ce qu'il trouvait, il ne cessait de grommeler contre sa mauvaise fortune.

« Aros, disait-il, n'est pas du tout un bon endroit pour les naufrages... mais alors pas du tout. Cela fait bien des années que j'habite ici, et celui-ci n'est que le deuxième ; et tout ce qu'il y avait de mieux à bord est perdu !

— Mon oncle », dis-je, car nous étions maintenant sur une étendue de sable déserte, où il n'y avait rien qui puisse détourner son attention, « je vous ai vu la nuit dernière dans un état où je n'aurais jamais cru que je vous verrais un jour : vous étiez ivre.

— Allons, allons, dit-il, pas tant que ça. J'avais bu, c'est vrai. Et pour te dire toute la vérité, c'est quelque chose contre quoi je ne peux rien, j'en prends Dieu à témoin. D'ordinaire, je suis l'homme le plus sobre du monde ; mais quand j'entends le vent souffler dans mes oreilles, je crois bien que je deviens fou.

— Vous êtes pieux, répliquai-je, et c'est un péché.

— Oh, répondit-il, mais si ce n'était pas un péché, je ne crois pas que cela me dirait grand-chose ! Vois-tu, mon garçon, c'est par défi que je bois. Là-bas, dans la mer, il y a une bonne part de tous les vieux péchés du monde ; il n'y a rien là de très chrétien, et c'est le mieux que l'on puisse dire de toute cette affaire ; quand la mer se lève, et que le vent se met à hurler (le vent et la mer sont en quelque sorte parents, me semble-t-il), que les Merry Men, ces jeunes écervelés, se mettent à cracher l'eau et à rire, et que de pauvres âmes dans les tourments de l'agonie luttent toute la nuit avec leur petit bateau de rien du tout... eh bien, c'est comme si on m'avait jeté un sort. Je suis un démon, je le sais. Mais je ne me soucie pas de ces pauvres jeunes marins ; je suis avec la mer, je lui suis tout aussi dévoué que si j'étais moi-même l'un des Merry Men. »

Je me dis qu'il me fallait le toucher à l'un des défauts de sa cuirasse. Je me tournai vers la mer ; emportées par le courant joyeux, traînant chacune sa crinière qui flottait au vent, les vagues, l'une après l'autre, montaient au galop à l'assaut de la plage, s'élevaient très haut, s'incurvaient, s'effondraient l'une sur l'autre sur le sable mille fois piétiné. Au loin, l'air salin, les mouettes effarées, l'armée partout répandue des chevaux de mer qui se lançaient des hennissements et se rassemblaient pour monter à l'assaut d'Aros ; et tout près, devant nous, une ligne tracée sur le sable uni que jamais ils ne pourraient franchir, quels que fussent leur nombre ou leur fureur.

« Tu n'iras pas plus loin, dis-je, ici se brisera l'orgueil de tes flots. »

Puis je citai, avec toute la solennité dont j'étais capable, une strophe que j'avais déjà bien souvent appliquée au chœur des brisants :

« Mais quoi que soit l'Océan courroucé,
Et le bruit grand de son flot entassé,
Le Souverain qui est assis ès cieux
Est trop plus grand et redoutable qu'eux.

— Oui, dit mon oncle, à la fin des temps, le Seigneur triomphera ; je n'en ai pas le moindre doute. Mais en ce monde, les sots eux-mêmes jettent leur défi à la face de Dieu. Ce n'est pas sage ; je ne dis pas que c'est sage ; mais c'est la prunelle de nos yeux, c'est toute la saveur de l'existence, c'est le plus doux des plaisirs. »

Je ne dis plus rien, car nous avions désormais commencé de traverser l'isthme qui nous séparait de Sandag ; et je me retins de faire appel une dernière fois aux lumières supérieures de sa raison tant que nous ne nous trouvions pas sur les lieux qui rappelaient son crime. Lui non plus ne revint pas sur ce sujet ; mais il se mit à marcher à mes côtés d'un pas plus ferme. J'avais sollicité son intelligence, et cela lui faisait l'effet d'un stimulant ; il avait oublié, je le voyais bien, qu'il s'était mis en quête de bouts de bois sans valeur, et suivait le fil de ses pensées, qui, profondes, moroses, étaient pourtant exaltantes. Il nous fallut deux ou trois minutes pour franchir le sommet de la colline et entamer notre descente vers Sandag. L'épave avait été malmenée par la mer ; sous l'action des vagues, la proue avait pivoté sur elle-même et avait été entraînée un peu plus bas ; et peut-être la poupe avait-elle été poussée un peu plus haut, car les deux moitiés du bateau, entièrement séparées, reposaient désormais sur la grève à quelque distance l'une de l'autre. Lorsque nous nous trouvâmes devant la tombe, je m'arrêtai, me découvris malgré la pluie battante, et, le regard rivé sur le visage de mon oncle, je m'adressai à lui.

« Un homme, dis-je, s'est vu accorder par la divine Providence d'échapper à des dangers mortels ; il était pauvre, il était nu, il était trempé, il était las, c'était un étranger ; il ne pouvait avoir plus de titres à votre intime compassion ; peut-être était-il le sel de la terre, pieux, secourable et bon ; peut-être portait-il le fardeau de fautes si nombreuses que la mort n'a été que le premier de ses tourments. Je vous le demande, et j'en prends le Ciel à témoin : Gordon Darnaway, où est cet homme pour qui Christ a donné sa vie ? »

Je le vis tressaillir lorsque je prononçai ces derniers mots ; mais nulle réponse ne vint, et son visage ne trahit aucune émotion, hormis une vague inquiétude.

« Vous étiez le frère de mon père, poursuivis-je ; vous m'avez appris à considérer votre maison à l'égal de celle de mon père ; et nous sommes tous deux des pécheurs : nous allons notre chemin, sous le regard du Seigneur, parmi les péchés et les tribulations de cette vie. C'est grâce au mal que nous commettons que Dieu nous mène vers le bien ; si je n'ai pas l'audace de prétendre que c'est Lui qui nous tente, je dois reconnaître que nous ne péchons qu'avec Sa permission ; et seul le plus grossier des hommes est incapable de voir dans ses péchés le commencement de la sagesse. Ce crime est un avertissement que Dieu vous envoie ; sous nos pieds, cette tombe ensanglantée en est un autre ; et si nul repentir ne s'ensuit, si, après cela, vous ne vous amendez pas et ne revenez pas à Lui, quelle conséquence pouvons-nous en attendre, sinon quelque mémorable châtiment ? »

Alors même que je prononçais ces mots, les yeux de mon oncle se détournèrent de mon visage. Un changement indescriptible se produisit d'un coup dans sa physionomie ; les traits de son visage parurent se rétrécir, ses joues perdirent leurs couleurs, l'une de ses mains s'éleva et, d'un geste hésitant, désigna, par-dessus mon épaule, un objet éloigné, et le nom qu'il avait si souvent répété s'échappa à nouveau de ses lèvres : « Le *Christ-Anna* ! »

Je me tournai ; et si je ne fus pas terrorisé au même degré (je n'avais, grâce au Ciel, nulle raison de l'être), je n'en demeurai pas moins interdit devant le spectacle qui s'offrit à moi. La silhouette d'un homme se dressait sur le capot de la cabine, au milieu de l'épave ; il nous tournait le dos ; il s'abritait les yeux de la main et paraissait occupé à scruter le large, et son corps se détachait de toute sa hauteur, qui, à l'évidence, était fort considérable, sur le ciel et la mer. J'ai dit mille fois que je ne suis pas superstitieux ; mais à cet instant-là, quand je ne songeais qu'à la mort et au péché, l'apparition inexpliquée d'un inconnu sur cette île solitaire, perdue au milieu des eaux, me pénétra d'un étonnement très proche de la terreur. J'avais du mal à croire qu'un être humain avait pu arriver vivant jusqu'à terre quand faisait rage en mer une tempête pareille à celle qui s'était abattue la nuit précédente sur les côtes d'Aros ; et le seul vaisseau à des miles à la ronde s'était abîmé sous nos yeux parmi les Merry Men. Assailli par le doute, je ne pouvais supporter cette incertitude ; et, pour en avoir aussitôt le cœur net, je m'avançai et hélai la silhouette comme on hèle un navire.

L'homme se retourna et parut sursauter quand il nous vit. Aussitôt, mon courage fut ranimé ; je lui fis signe de se rapprocher à grand renfort de cris et de gestes ; quant à lui, il s'élança aussitôt sur le sable et commença, d'un pas lent, à se diriger vers nous, non sans bien des haltes et des hésitations. À chaque nouvelle manifestation de son malaise, je sentais quant à moi s'accroître ma confiance ; je fis encore un pas vers lui et, au même instant, lui adressai de la main et de la tête des signes d'encouragement. Il était manifeste que le naufragé n'avait rien entendu de bon au sujet de l'hospitalité dont nous faisions preuve dans les îles ; il faut dire que, vers cette époque-là, ceux qui habitaient plus au nord avaient une triste réputation.

« Tiens, dis-je, mais cet homme est noir ! »

Et à cet instant précis, d'une voix que j'aurais été presque incapable de reconnaître, mon oncle se mit à proférer un flot de paroles où se mêlaient jurons et prières. Je le regardai ; il était tombé à genoux, son visage exprimait une angoisse mortelle ; à chaque pas que faisait le naufragé, sa voix devenait plus aiguë, sa volubilité et la ferveur de ses propos redoublaient. Je parle de prières, car ses mots s'adressaient à Dieu ; mais à coup sûr, jamais auparavant créature n'avait adressé pareil torrent d'incongruités à son Créateur : à coup sûr, si la prière peut être un péché, cette folle harangue en était un. Je courus jusqu'à mon oncle, je le saisis par les épaules, je le forçai à se remettre debout.

« Silence, homme, dis-je, respecte ton Dieu en paroles, sinon par tes actions. Ici même, sur les lieux de tes transgressions, Il t'envoie un être qui te donne l'occasion de faire amende honorable. Va, saisis cette chance qui t'est donnée ; accueille en père cette créature qui, tremblante, vient solliciter ta miséricorde. »

Là-dessus, je tentai de le forcer à se rapprocher du Noir, mais il me jeta à terre ; avec violence, il se déroba à mon emprise, laissant derrière lui l'épaule de sa veste, et s'enfuit comme un cerf vers le sommet d'Aros. Je me remis debout à grand-peine, contusionné et quelque peu étourdi ; le nègre s'était immobilisé sous l'effet de la surprise, ou peut-être de la terreur, à peu près à mi-chemin entre l'épave et moi ; mon oncle était déjà loin, et bondissait de rocher en rocher ; et je me trouvai donc, un moment, partagé entre deux obligations. Mais je jugeai (et je prie le Ciel de ne pas m'être trompé !) que je devais préférer le pauvre hère égaré au milieu des sables ; rien ne prouvait du moins qu'il fût responsable de ses malheurs ; j'étais, d'autre part, sûr de pouvoir les soulager ; et je commençais à considérer mon oncle comme un incurable et sinistre déséquilibré. Je m'avançai donc vers le Noir, qui, désormais, m'attendait les bras croisés, comme disposé aussi bien à vivre ou à mourir selon ce que le destin lui réservait. Comme je me rapprochais, il tendit la main en avant d'un grand geste, comme j'avais vu faire à des prédicateurs, et il s'adressa à moi sur un ton assez proche de la prédication, sans, toutefois, que je comprisse un traître mot de ce qu'il me disait. J'essayai de lui parler, d'abord en anglais, puis en gaélique, mais sans succès ; il était donc clair que nous allions devoir nous en remettre au langage des regards et des gestes. Sur ce, je lui fis signe de me suivre, ce qu'il fit de bonne grâce, avec une grave déférence digne d'un roi détrôné ; entre-temps, pas l'ombre d'une émotion n'était venue altérer son visage, ni l'anxiété alors qu'il attendait encore, ni le soulagement maintenant qu'il était rassuré ; si c'était un esclave, comme je le supposais, je ne pouvais m'empêcher de juger qu'il avait dû, avant sa chute, occuper un rang élevé dans son pays, et, tout déchu qu'il était, il forçait mon admiration par son maintien. Lorsque nous passâmes près de la tombe, je fis une halte et élevai les yeux et les mains vers le ciel en signe de respect et de compassion pour le défunt ; et lui, comme en réponse, s'inclina très bas et écarta largement les mains ; c'était un geste étrange, mais qu'il accomplit comme s'il s'agissait d'une coutume très répandue ; et je me dis que ce devait être un rite pratiqué dans le pays d'où il venait. En même temps, il fit un geste vers mon oncle, qu'il distinguait tout juste, perché sur une éminence, et se toucha la tête pour indiquer qu'il était fou.

Nous empruntâmes l'itinéraire le plus long et longeâmes le rivage, car j'avais peur de troubler mon oncle si nous nous engagions droit à travers l'île ; et, en chemin, j'eus tout le temps de laisser mûrir le petit spectacle grâce auquel j'espérais dissiper mes doutes. Comme prévu, je m'immobilisai sur un rocher et entrepris d'imiter devant le nègre les gestes de l'homme que j'avais vu la veille, à Sandag, faire le point à l'aide de la boussole. Il me comprit aussitôt et poursuivit lui-même l'imitation que j'avais commencée : il me montra où se trouvait la barque, fit un geste vers le large comme pour indiquer la position de la goélette, puis pointa la main vers le bas, désigna la bordure des rochers et prononça les mots « Espirito Santo » avec un accent étrange, mais assez clairement pour que je puisse les reconnaître. Ainsi, mes conjectures étaient correctes ; ces prétendues recherches historiques n'avaient fait que dissimuler une chasse au trésor ; l'homme qui s'était joué du docteur Robertson n'était autre que l'étranger qui était venu à Grisapol au printemps, et, à l'heure qu'il était, il reposait, mort, sous le raz d'Aros, avec ses nombreux compagnons ; c'est là que leur avidité les avait conduits, c'est là que leurs os seraient à tout jamais agités au gré des flots. Entre-temps, le Noir continuait d'imiter la scène : tantôt il levait les yeux vers le ciel comme pour observer l'approche de la tempête ; tantôt il représentait un marin, qui, d'un geste, invitait les autres à monter à bord ; et tantôt un officier qui courait le long des rochers et se réfugiait dans la barque ; puis il se penchait sur des avirons imaginaires à la manière d'un rameur pressé ; mais sans jamais se départir de la même expression solennelle, de telle sorte qu'à aucun moment je n'eus la moindre envie de sourire. Pour finir, il m'indiqua, en une pantomime que les mots sont impuissants à décrire, de quelle manière il s'était lui-même aventuré à terre pour examiner l'épave et avait été abandonné par ses camarades, ce qui l'avait rempli de douleur et d'indignation ; après quoi il croisa de nouveau les bras et inclina la tête, comme résigné à son sort.

Maintenant que sa présence n'était plus une énigme pour moi, je lui expliquai, à l'aide d'un croquis, quel avait été le sort du navire et de tous ceux qui se trouvaient à bord. Il ne laissa paraître ni surprise ni douleur, mais, d'un geste brusque, leva la main ouverte, comme pour livrer ceux qui avaient été ses amis ou, qui sait, ses maîtres au bon plaisir de Dieu. Le respect qui m'envahissait ne cessait de croître à mesure que je l'observais ; je le sentais doté d'une intelligence vigoureuse et d'un caractère mesuré et sévère, et j'aimais à m'entretenir avec des esprits ainsi tournés ; avant d'avoir atteint la maison d'Aros, j'avais presque oublié l'inquiétante couleur de sa peau, et cessé tout à fait de lui en tenir rigueur.

Je racontai tout ce qui s'était passé à Mary sans rien omettre, même si le cœur me manquait, je dois le reconnaître ; mais j'avais tort de mettre en doute son sens de la justice.

« Tu as bien agi, dit-elle. Qu'il en soit fait selon la volonté de Dieu. » Et elle nous servit aussitôt un plat de viande.

Dès que je fus rassasié, j'ordonnai à Rorie de surveiller le naufragé, qui n'avait pas fini son repas, et repartis à la recherche de mon oncle. Je n'eus pas à aller bien loin avant de le voir assis au même endroit, sur le tertre le plus élevé, et, semblait-il, dans la même attitude que lorsque je l'avais aperçu pour la dernière fois. Là, comme je l'ai dit, il voyait s'étaler à ses pieds, dessinées comme sur une carte, la plus grande partie d'Aros et les terres adjacentes du Ross ; et il est clair qu'il observait tout, dans toutes les directions, avec une attention extrême, car à peine ma tête apparut-elle au-dessus du sommet de la première hauteur qu'il se leva d'un bond et se tourna comme pour me faire face. Je fis de

mon mieux pour le saluer aussitôt en des ter-
mes et sur un ton semblables à ceux dont j'avais
souvent usé auparavant, lorsque je venais l'appeler à déjeuner. Il n'eut pas même un simple
geste en guise de réponse. Je m'avançai un peu
plus et tentai à nouveau de parlementer, sans
plus de résultat. Mais lorsque je me remis une
seconde fois à avancer, ses craintes insensées se
réveillèrent, et je le vis s'enfuir devant moi, toujours dans ce même silence de mort, mais à une
vitesse incroyable, sur la crête rocheuse de la
colline. Une heure plus tôt, il était mort de fatigue, et j'étais actif par comparaison. Or à présent l'ardeur de son délire l'avait ranimé, et il
aurait été vain de ma part de songer à le poursuivre. Au contraire : l'eussé-je seulement tenté
que sa terreur en aurait sans doute été ranimée,
ce qui aurait rendu la situation où nous nous
trouvions encore plus douloureuse. Il ne me
restait plus qu'à rentrer à la maison et à présen-
ter mon triste rapport à Mary.

Elle m'écouta comme la première fois, avec
sang-froid mais non sans inquiétude ; après
quoi elle me dit de m'allonger et de prendre
le repos dont j'avais le plus grand besoin, puis
sortit à son tour et se mit en quête de son père
égaré. À mon âge, il aurait fallu que les choses
prissent un tour bien étrange pour m'ôter
l'appétit ou le sommeil ; je dormis longtemps

et à poings fermés ; et midi était déjà passé depuis un bon moment lorsque je me réveillai et descendis dans la cuisine. Mary, Rorie et le naufragé noir étaient assis en silence autour de la cheminée ; et je vis que Mary avait pleuré. Ses pleurs n'étaient que trop justifiés, comme je l'appris bien vite. Tout d'abord, elle était sortie à la recherche de mon oncle, puis Rorie l'avait relayée ; tour à tour, ils l'avaient trouvé assis au sommet de la colline ; tour à tour, ils l'avaient vu, à leur approche, s'enfuir à toute allure sans dire un mot. Rorie avait tenté de le prendre en chasse, mais en vain ; la folie le faisait bondir avec une énergie renouvelée ; il sautait de rocher en rocher par-dessus les plus larges crevasses ; il filait, rapide comme le vent, sur la crête des collines ; il allait en zigzag et accumulait les détours comme un lièvre quand les chiens sont à ses trousses. Rorie avait fini par abandonner ; et la dernière fois qu'il avait vu mon oncle, celui-ci était assis, comme auparavant, sur la crête d'Aros. Même au plus fort de cette chasse effrénée, et même lorsque le domestique, d'un pied agile, avait, un moment, presque réussi à le capturer, le pauvre forcené n'avait pas prononcé un mot. Sa fuite et son silence étaient ceux d'une bête sauvage ; et ce silence avait terrifié son poursuivant.

La situation avait quelque chose de déchirant. Comment capturer ce dément ? Comment le nourrir dans l'intervalle ? Et que faire de lui après que nous l'aurions capturé ? Voilà les trois difficultés qu'il nous fallait résoudre.

« Le Noir, dis-je, est la cause de cet accès de folie. C'est peut-être même sa présence dans cette maison qui contraint mon oncle à rester sur la colline. Nous avons fait ce qui était juste ; nous l'avons nourri et réchauffé sous notre toit ; à présent, je suggère que Rorie lui fasse traverser la baie en barque, et le mène à travers le Ross jusqu'à Grisapol. »

Mary se rallia de tout cœur à cette proposition ; après avoir invité le Noir à nous suivre, nous descendîmes tous les trois jusqu'à la jetée. À n'en pas douter, le Ciel avait résolu d'accabler Gordon Darnaway au vu et au su de tous ; il s'était produit un événement sans précédent sur Aros : pendant la tempête, la barque avait rompu ses amarres, avait heurté le bois rugueux de la jetée, et, le bord enfoncé, reposait à présent par quatre pieds de fond. Il faudrait au moins trois jours de travail avant de la remettre à flot. Mais je refusai de m'avouer vaincu. Je conduisis mes compagnons le long du rivage jusqu'à l'endroit où le chenal était le plus étroit, traversai à la nage, et invitai le Noir à me suivre. Il me fit signe, avec la même clarté et le même calme qu'auparavant, qu'il ne savait pas nager ; et dans ses gestes se lisait une sincérité si évidente que pas un d'entre nous n'aurait songé à la mettre en doute. Cet espoir enfui, il fallut nous en retourner comme nous étions venus ; le nègre chemina parmi nous sans le moindre embarras.

Ce jour-là, nous ne pûmes rien faire, hormis tenter une nouvelle fois de communiquer avec le pauvre forcené. À nouveau, il se tenait, bien visible, sur son perchoir ; à nouveau, il s'enfuit en silence. Mais, soucieux de son confort, nous lui laissâmes du moins de la nourriture et un grand manteau ; du reste, la pluie avait cessé, et la nuit promettait même d'être douce. À ce qu'il nous semblait, nous pouvions attendre le lendemain sans trop d'inquiétude ; nous avions avant tout besoin de repos, afin de reprendre des forces en vue des efforts inhabituels qui nous attendaient ; et comme aucun d'entre nous ne se souciait de bavarder, nous nous séparâmes de bonne heure.

Je demeurai éveillé un long moment à mettre au point un plan de campagne pour le lendemain. Je comptais placer le Noir du côté de Sandag, de sorte qu'il force mon oncle à se rapprocher de la maison ; quant à Rorie et moi, nous ferions de notre mieux pour compléter le cercle, l'un à l'ouest, l'autre à l'est.

Plus je cherchais à me rappeler la configuration de l'île, plus je me disais qu'il devait être possible, quoique difficile, de le contraindre à gagner les basses terres qui longent la baie d'Aros ; et une fois qu'il serait là, il n'y aurait guère de raison de craindre qu'il finisse par s'échapper, même si la folie lui prêtait des forces nouvelles. C'est sur sa peur panique du Noir que je comptais ; car j'étais bien sûr que, dans quelque direction qu'il se dirige, ce ne serait point dans celle de l'homme qu'il croyait revenu d'entre les morts ; il me semblait donc que nul danger ne pourrait venir de l'un, au moins, des quatre points cardinaux.

Quand je m'endormis enfin, ce ne fut que pour être éveillé peu de temps après par un cauchemar rempli d'épaves, de Noirs et d'aventures sous-marines ; et je me sentis si ébranlé et fiévreux que je me levai, descendis l'escalier et sortis devant la maison. À l'intérieur, Rorie et le Noir dormaient ensemble dans la cuisine ; à l'extérieur, la nuit étoilée était d'une clarté merveilleuse, même si, çà et là, flottaient quelques nuages, ultime escorte de la tempête. La mer était presque haute, et les Merry Men rugissaient dans le silence de cette nuit sans vent. Jamais, même au plus fort de la tempête, leur chanson ne m'avait paru aussi impressionnante. Maintenant que les vents étaient tous rentrés au bercail, que les profondeurs, sur un rythme de berceuse, sombraient à nouveau dans leur sommeil estival, et que les étoiles abreuvaient terre et mer de leur douce lumière, la voix de ces brisants s'élevait toujours, avide de destruction. Nul doute qu'il semblait y avoir là une part du mal présent en ce monde, du versant tragique de l'existence. Et leurs absurdes vociférations n'étaient pas seules à rompre le silence de la nuit. Car j'entendais résonner, tantôt aigre et vibrante, tantôt presque noyée, une voix humaine qui accompagnait le vacarme du raz. Je reconnus celle de mon oncle ; et tout à coup, une grande peur s'empara de moi à l'idée des jugements de Dieu et du mal répandu en ce monde. Je regagnai l'obscurité de la maison comme on cherche un refuge, et demeurai longtemps étendu sur mon lit, à méditer sur ces mystères.

Il était tard lorsque je me réveillai de nouveau, me vêtis à la hâte et me précipitai dans la cuisine. La pièce était déserte ; il y avait longtemps que Rorie et le Noir étaient tous deux partis en cachette ; et mon cœur cessa de battre lorsque je fis cette découverte. Rorie était un homme de cœur : je pouvais compter là-dessus ; mais je n'avais nulle confiance en son discernement. S'il était sorti ainsi sans un mot, il voulait de toute évidence rendre service à mon oncle.

Mais quel service pouvait-il espérer lui rendre seul, et à plus forte raison s'il était accompagné de l'homme en qui mon oncle voyait l'incarnation de tout ce qu'il redoutait ? Même s'il n'était pas encore trop tard pour éviter quelque mortelle erreur, je ne pouvais tarder davantage, je le voyais bien. À peine avais-je eu cette pensée que j'étais hors de la maison ; et s'il m'est souvent arrivé de courir sur les rudes pentes d'Aros, je n'ai jamais couru aussi vite que lors de cette fatale matinée. Je crois bien qu'il me fallut moins de douze minutes pour grimper jusqu'au sommet.

Mon oncle avait quitté son perchoir. Certes, le panier avait été éventré et la viande éparpillée sur le gazon ; mais il n'en avait pas absorbé une bouchée, comme nous pûmes le constater par la suite ; et il n'y avait nul autre signe d'une présence humaine aussi loin que portait le regard. La lumière du jour avait déjà envahi le ciel sans nuages ; le soleil se posait déjà sur la crête de Ben Kyaw, rose comme une fleur ; mais à mes pieds s'étendaient en tous sens les rudes collines d'Aros et le bouclier des flots, plongés dans la transparente pénombre de l'aurore.

« Rorie ! m'écriai-je ; Rorie ! »

Ma voix mourut dans le silence, mais aucune réponse ne me parvint en retour. S'il était vrai que l'on avait entrepris d'attraper mon oncle, les chasseurs, de toute évidence, ne s'en remettaient pas à la rapidité de leur course, mais à la dextérité avec laquelle ils traquaient leur proie. Je courus un peu plus loin, au même train d'enfer, sans cesser de jeter les yeux à droite et à gauche, et ne m'immobilisai de nouveau que lorsque j'eus atteint la colline qui domine Sandag. Je voyais l'épave, la bande de sable nue qui entourait la baie, les vagues qui s'écrasaient mollement contre le long récif rocailleux, et, de part et d'autre, le réseau confus de buttes, de rochers et de crevasses dont l'île était recouverte. Mais toujours nulle présence humaine.

D'un coup, le soleil illumina Aros, et les ombres et les couleurs resurgirent du néant. Presque au même instant, en contrebas, du côté de l'ouest, des moutons commencèrent à se disperser comme sous l'effet de la panique. Il y eut un cri. Je vis mon oncle courir. Je vis le Noir bondir et se lancer à sa poursuite ; et avant que j'aie eu le temps de comprendre ce qui se passait, Rorie lui aussi avait surgi : il criait des instructions en gaélique comme à un chien qui court après des moutons.

Je me précipitai pour m'interposer, et peut-être aurais-je mieux fait d'attendre là où j'étais, car le sort voulut que je coupe ainsi l'ultime retraite du forcené. Dès lors, il n'y avait plus rien devant lui, hormis la tombe, l'épave, et la mer dans la baie de Sandag. Et pourtant le Ciel m'est témoin que mes intentions étaient les meilleures du monde.

Mon oncle Gordon vit dans quelle direction horrible à ses yeux la chasse était en train de le mener. Il fit un crochet, piqua vers la droite, puis vers la gauche ; mais la fièvre avait beau monter dans ses veines, le Noir courait toujours plus vite que lui. Où qu'il se tournât, il était chaque fois devancé, chaque fois repoussé vers le lieu de ses crimes. Soudain, il se mit à hurler à pleine voix, si fort que la côte renvoya l'écho de ses cris ; un instant plus tard, Rorie et moi appelions tous deux le Noir et lui demandions de s'arrêter. Mais tout fut inutile, car il était écrit qu'il en irait autrement. Le chasseur continua de courir, la proie de détaler avec de grands cris ; ils évitèrent la tombe, et frôlèrent les madriers de l'épave ; en un éclair, ils eurent dépassé la plage ; mon oncle ne s'arrêtait toujours pas, mais s'élançait tout droit dans les vagues écumantes ; et le Noir, qui, à présent, était presque à sa hauteur, le poursuivait toujours à vive allure. Rorie et moi nous arrêtâmes tous deux, car l'affaire n'était plus entre les mains des hommes, et ce qui s'accomplissait sous nos yeux était le décret de Dieu. Jamais fin ne fut plus soudaine. Sur cette plage en forte pente, ils perdirent pied en un instant ; ils ne savaient nager ni l'un ni l'autre ; le Noir remonta une fois à la surface et s'y maintint un moment, le temps de pousser un cri étranglé ; mais le courant s'était emparé d'eux, et s'engouffrait vers le large ; et s'ils resurgirent encore, ce que Dieu seul pourrait dire, ce fut dix minutes plus tard, à l'extrémité du raz d'Aros, là où les oiseaux de mer, à l'affût, tracent des cercles dans le ciel.

Joseph CONRAD   *Le retour*
Une nouvelle cruelle et intimiste dans les brumes londoniennes.

Roald DAHL   *Le chien de Claude*
Entrez dans l'univers de Roald Dahl où chaque éclat de rire est suivi d'un grincement de dents.

Fédor DOSTOÏEVSKI   *La femme d'un autre et le mari sous le lit*
Une nouvelle légère et burlesque qui révèle l'humour grinçant de Dostoïevski.

Ernest HEMINGWAY   *La capitale du monde* suivi de *L'heure triomphale de Francis Macomber*
Deux histoires de rêves brisés, deux nouvelles poignantes et passionnées pour découvrir l'univers de l'un des plus grands écrivains américains.

H. P. LOVECRAFT   *Celui qui chuchotait dans les ténèbres*
Grand maître de l'angoisse, Lovecraft nous entraîne dans un monde où chaque murmure n'est que le début d'un long cauchemar...

Gérard de NERVAL   *Pandora* et autres nouvelles
De la fantaisie à l'onorisme, trois textes pour découvrir la singularité de l'un des plus grands écrivains romantiques.

Juan Carlos ONETTI   *À une tombe anonyme*
Au cœur d'une ville fantomatique d'Amérique du Sud, Juan Carlos Onetti nous entraîne dans sa quête troublante et désespérée.

Robert Louis STEVENSON   *La Chaussée des Merry Men*
Un magnifique roman par l'auteur de *L'Île au trésor*.

Henri David THOREAU   *« Je vivais seul, dans les bois »*
Un éloge du retour à la nature et à une vie simple en accord avec soi-même.

Michel TOURNIER   *L'Aire du Muguet* précédé de *La jeune fille et la mort*
L'auteur du *Roi des Aulnes* nous offre deux nouvelles surprenantes, pleines de poésie et de mystère.

Composition Nord Compo
Impression Novoprint
à Barcelone, le 7 avril 2008
Dépôt légal : avril 2008

ISBN 978-2-07-035699-7./Imprimé en Espagne.

158156